Tucholsky   Wagner   Zola   Scott   Schlegel
                 Wallace   Fonatne Sydow   Freud
     Turgenev
       Twain   Walther von der Vogelweide   Fouqué   Friedrich II. von Preußen
                     Weber   Freiligrath   Frey
Fechner   Weiße Rose   von Fallersleben   Kant   Ernst   Frommel
         Fichte   Richthofen
                  Engels   Fielding   Eichendorff   Tacitus   Dumas
   Fehrs   Faber   Flaubert
                                             Eliasberg   Ebner Eschenbach
          Maximilian I. von Habsburg   Fock   Eliot   Zweig
Feuerbach   Vergil
                    Ewald
             Goethe   Elisabeth von Österreich   London
Mendelssohn Balzac   Shakespeare   Dostojewski   Ganghofer
       Trackl   Lichtenberg   Rathenau   Doyle   Gjellerup
                 Stevenson   Hambruch
Mommsen   Tolstoi   Lenz   Droste-Hülshoff
        Thoma   Hanrieder
                    von Arnim   Hägele   Hauff   Humboldt
Dach   Reuter   Verne
      Karrillon   Rousseau   Hagen   Hauptmann   Gautier
                  Garschin   Baudelaire
          Damaschke   Defoe
                          Descartes   Hebbel
                                                 Hegel   Kussmaul   Herder
Wolfram von Eschenbach   Dickens   Schopenhauer
      Bronner   Darwin   Melville   Grimm Jerome   Rilke   George
                                                            Bebel
     Campe   Horváth   Aristoteles   Proust
Bismarck   Vigny   Barlach   Voltaire   Federer   Herodot
                 Gengenbach   Heine
 Storm   Casanova   Tersteegen   Grillparzer   Georgy
                   Chamberlain   Lessing   Langbein   Gilm   Gryphius
Brentano   Lafontaine
  Strachwitz   Claudius   Schiller   Schilling Kralik Iffland Sokrates
         Katharina II. von Rußland   Bellamy
                          Gerstäcker   Raabe   Gibbon   Tschechow
Löns   Hesse   Hoffmann   Gogol   Wilde   Gleim   Vulpius
Luther Heym   Hofmannsthal   Klee   Hölty   Morgenstern   Goedicke
   Roth   Heyse   Klopstock   Kleist
Luxemburg   Puschkin Homer   Mörike   Musil
          La Roche   Horaz
   Machiavelli   Kierkegaard   Kraft   Kraus
Navarra Aurel   Musset   Moltke
Nestroy Marie de France Lamprecht Kind Kirchhoff Hugo
                          Laotse   Ipsen   Liebknecht
   Nietzsche   Nansen   Ringelnatz
        Marx   Lassalle   Gorki   Klett
 von Ossietzky   May   vom Stein   Lawrence   Leibniz   Irving
Petalozzi
     Platon   Knigge
   Sachs   Poe   Pückler   Michelangelo   Kock   Kafka
     de Sade Praetorius   Mistral   Zetkin   Liebermann   Korolenko

Der Verlag tradition aus Hamburg veröffentlicht in der Reihe **TREDITION CLASSICS** Werke aus mehr als zwei Jahrtausenden. Diese waren zu einem Großteil vergriffen oder nur noch antiquarisch erhältlich.

Symbolfigur für **TREDITION CLASSICS** ist Johannes Gutenberg (1400 — 1468), der Erfinder des Buchdrucks mit Metalllettern und der Druckerpresse.

Mit der Buchreihe **TREDITION CLASSICS** verfolgt tradition das Ziel, tausende Klassiker der Weltliteratur verschiedener Sprachen wieder als gedruckte Bücher aufzulegen – und das weltweit!

Die Buchreihe dient zur Bewahrung der Literatur und Förderung der Kultur. Sie trägt so dazu bei, dass viele tausend Werke nicht in Vergessenheit geraten.

Eine Fahrt nach Pommern und der Insel Rügen

Heinrich Laube

Impressum

Autor: Heinrich Laube
Umschlagkonzept: toepferschumann, Berlin

Verlag: tredition GmbH, Hamburg
ISBN: 978-3-8424-0633-9
Printed in Germany

Heinrich Laube

Eine Fahrt nach Pommern und der Insel Rügen

Text der Erstausgabe, die 1837 als erster Band der *Neuen Reisenovellen*
unter dem Titel »Eine Fahrt nach Pommern« erschien

1. Bis Stettin

Der Kondukteur war ein dicker, leidenschaftsloser Mann, der ein wenig schwer hörte. Ich saß dicht neben ihm, und die vorfallenden Rippenstöße wurden keines Wortes gewürdigt. Solch eine abgehärtete Reisegleichgültigkeit, ich möchte sagen: diese Objektivität der Post ist Leuten sogar sehr angenehm, die viel gereis't sind, jedenfalls angenehmer als die Süßlichkeit einer sorglichen Theilnahme, deren Ursprung selten anderswo als in ausgewaschener Manier oder in Hoffnung auf ein Trinkgeld zu suchen ist. Die meisten Damen denken anders darüber, sie wünschen Sympathie *quand même*, Sympathie um jeden Preis.

Es war Abend und dunkelte schon, als wir aus Berlin heraus kamen, und ein witzloser Spaßvogel, der mit uns im Kabriolet saß, fragte den Kondukteur, ob wir auch in Pommern sicher wären. Da er den schlechten Spaß wegen Harthörigkeit des Empfängers wiederholen mußte, so wurde er noch schlechter, denn Scherz und Witz sind wie weiße Wäsche, sie können nur einmal auftreten. Der Kondukteur hob blos die Hand und sagte oh! Man kann auch den Pommern eher alles Andere zutrauen, als Spitzbüberei, dafür sind sie zu einfach. Wir waren auch noch lange nicht in Pommern, und hatten gar keine Aussicht, des Nachts hinzukommen. Der Kondukteur nahm aber hiervon Gelegenheit, das Wort zu ergreifen, und ein für allemal zu sprechen. Früher nämlich habe er den Cours von Koblenz nach Gießen gemacht, und da habe wohl so etwas passieren können, da sei der Kondukteur seines Lebens nicht sicher gewesen. Es muß vorausgeschickt werden, daß er Kondukteur und Man und Ich für gleich bedeutend hielt er hatte sich streng in den absoluten Begriff eines Kondukteurs hineingereis't. Was also irgend einem Kondukteur in der Welt begegnet war, das erzählte er in der ersten Person.

Also: Ich hatte viel Geld auf der Post, und fuhr wie heute in die Nacht hinein; meine guten Talglichter brannten in der Laterne, wir fuhren an einem Waldrande hin, und ich dämmerte so, wie man zu sagen pflegt, mit halb zugemachten Augen. Da ging's rak – rak – rak, die Laterne flirrte und war aus, ich kriegte einen Ruck an der Schulter, der Wagen stand still, der Postillon war vom Pferde. Das waren drei Schüsse gewesen, einer hatte das linke Vorderpferd niedergeworfen. Der zweite war in die Laterne gefahren, der dritte hier in's Polster neben mir, das Polster hatte seine Schuldigkeit getan und den Schuß vortrefflich gedämpft. Der Schuft von Postillon war gleich ausgerissen, die Herren Passagiere thaten ein Gleiches; sonst muß man zehn Tritte und Thüren aufmachen, ehe sie 'rauskriechen, diesmal waren sie wie'n Donnerwetter alle zum Teufel, und die Kanaillen von Spitzbuben waren gleich bei der Hand und fielen über mich her. Laut Instruktion wehrte ich mich bis zum letzten Athemzuge, und als sie mich halb todt geschlagen, krumm gebunden und geknebelt hatten, steckten mir meine dreiunddreißig Poststücke noch in der Kehle. Sterben ist 'ne Kleinigkeit, aber sein Eigenthum ausräumen zu hören, eins, zwei bis dreiunddreißig, das ist für 'nen rechtschaff'nen Kondukteur – nu, die Kanaillen räumten Alles fort, ich blieb wie'n zusammengeschnürtes Felleisen am Wege liegen, und die bitterlich kalte Nacht zerfror mir das Bischen Besinnung, ich hab' den Morgen nicht erlebt, wie meine Passagiere mit Gensdarmes gekommen sind, und die Bescherung gefunden haben.

Was, rief mein Nachbar, Sie sind schon einmal todt gewesen?

Wie? rief der harthörige Erzähler, der sich ungern gestört sah –

Sie sind gestorben?

Ja, maustodt war der Kondukteur; aber nun sehen Sie diese rechtschaffene Watte an, die hat die Spitzbuben 'raus gekriegt, hier war der Pfropfen – oder wie er sagte: der Propf – vom niederträchtigsten Schusse stecken geblieben, der dem Kondukteur gegolten hatte; den wickelte ein Gerichtsschreiber heraus, und es fand sich, daß es das Schreibeblatt aus einer Kinderschule war, was der Schulmeister mit rother Tinte korrigiert hatte. Man untersuchte im ganzen Kreise die Handschriften und der Schuft von Schulmeister ward Nachts aus dem Bette geholt, er gestand seine fünf Helfershelfer ein, baumstarke Bauern, die gute Kugelflinten hatten; sie hatten die dreiunddreißig Poststücke vergraben, und das Postamt hat alle dreiunddreißig wiedergekriegt, die Kanaillen hängen im Nassau'schen – da sieht man, daß kein Schurke die königliche Post unrespektabel traktieren darf. Ich aber hatte freilich das Meinige weg, aber ich war auf dem Schlachtfelde geblieben, und die Meinigen beziehen eine Pension.

Hiermit war seine Pfeife aus, er drückte sich in die Ecke, zog den Mantel über das Kinn und sprach nicht wieder.

Zu meinem Erstaunen fuhren wir einen tiefen Berg hinunter – sind wir irre gefahren? Wie kommt Moses unter die Propheten, ein Berg in die Mark Brandenburg? Wir kamen nach Neustadt Eberswalde , welches da grenzt an die märkische Schweiz, deren Berner Oberland Freienwalde sammt Umgegend. Die Schweiz ist in neuerer Zeit ein Luxusartikel geworden, der nachgemacht wird, wie Brüsseler Spitzen und *Eau de Cologne* nachgemacht werden. Merkwürdigerweise ziehen sich wirklich bis an die pommersche Küste hinab Hügel und Höhen in Menge, die freilich etwas dürftig und pauvre wie unnütze Grillen der letzten Erdüberschwemmung aussehen, aber doch Hügel sind. Man kommt gegen Mitternacht auf fünf Minuten in Neustadt an, also im ersten, träumerischen Postwagenschlafe, und es wird Einem in der Passagierstube zu Neustadt Kaffee, sage Kaffee präsentirt. Verschiedene Generationen von Postreisenden wundern sich seit Jahren über dies ungewöhnliche Phänomen, und stellen Forschungen darüber an, jeder nach Pommern Reisende stellt eine Hypothese darüber auf, wie sonst jeder nach Afrika Kommende eine Vermuthung über den Ausfluß des Nigers zu Markte brachte. Für auswärtig Beflissene diene noch die Notiz, daß selbiger Kaffee von ungewöhnlich fremdartigem Geschmack ist, das will sagen, er kann sehr gut schmecken, und schmeckt nur ganz anders als guter Kaffee. Eine heurathsfähige Dame – mit Respekt zu sagen aus Hinterpommern – welche in ihre Heimath reis'te, that einen lauten Schrei, als sie den ersten Schluck von diesem Kaffee genossen hatte, und man ist doch in Hinterpommern nicht gar zu asiatisch gewöhnt.

Kaffee macht munter, und von diesem Axiome ausgehend kam unsere Gesellschaft zu der Hypothese, man werde in Neustadt um Mitternacht damit bewirthet, um die Nähe der märkischen Schweiz nicht zu verschlafen.

Mondschein, Erlengebüsch, Hügel auf, Hügel ab, frische Luft – so weit gehn meine Erinnerungen an diese Naturreize, ich schlief ein trotz des Neustädter Kaffees, und erwachte erst wieder auf der nächsten Station. Es hat einen eigenthümlichen Reiz, Nachts, bei Mondschein in einer schlafenden, schwarzen Stadt aufzuwachen, deren Existenz und Namen uns unbekannt sind – die Welt bedünkt Einen so reich, so unauslernbar an stillen Plätzen, wo Menschen neben einander sich freuen, intriguieren, leiden und lieben. Ich fragte den ausspannenden Leinwandkittel – Angermünde, beschied er mich. Es kann in Angermünde außerordentlich schön sein, und das schönste Mädchen von der Welt kann dort leben und schlafen. Der polternde Postwagen stört ihren süßen Traum, in welchem sie den Sultan – er ist bei Tageszeit Registrator oder Kanzellist am Stadtgerichte zu Angermünde, und hat sein Auskommen – also, in welchem sie dem Sultan mit dem Pfauenwedel sanft über das Gesicht streicht; sie lächelt Glück und Liebe, und fährt eben mit dem weißen Arme nach dem Schlafhäubchen, erschreckt von unserm Gerassel. Dämmern, Einschlafen, Träumen, halb Poesie, halb Ewigkeit, halb Glück, halb Nichts – »fünfzehn Minuten, meine Herren!« ich hatte wieder geschlafen, der Wagen hielt bei grauer Morgendämmerung in Schwedt. Schwedt, Schwedt, dacht' ich, das Wort hast Du oft in Tertia gehört auf dem Gymnasium zu Glogau in der Brandenburgischen Geschichtsstunde, wie man sich kurzweg ausdrückt. Es hat Markgrafen von Schwedt gegeben, die haben Reiter und Fußleute gehabt, und Kriege geführt, auch giebt es Tabakpakete mit der Firma »Kanaster von Schwedt«. Also orientirt über Geschichte und Geographie des Terrains setzte ich mich neben die Dame aus Hinterpommern, die laut zugeflüsterter Nachrichten hartnäckig geschwiegen hatte, seit die Aeußerung gefallen war »mit Respekt zu sagen aus Hinterpommern«. Ich präsentirte ohne Unterlaß Zwieback, gnädiges Fräulein, Sie befehlen? sprach von gemischter Gesellschaft, und lös'te den Zorn in so weit, daß sie etwas von Vorurtheilen fallen ließ.

Bei Schwedt hat man die Oder erreicht, läßt sie aber auf dem ganzen Wege nach Stettin rechts liegen; der Charakter ihrer Ufer ist gegen Schlesien wenig gesteigert, wenn auch ein Wenig verändert, es bleibt ein armer Taglöhnerfluß, der es nie zu einer glänzenden Umgebung bringt; statt des Weiden- und Waldufers, das er oben in seiner Jugend sieht, hat er hier in der nördlichen Mark und in Pommern einen mit Schilfgras bewachsenen Strand, der eigentlich gar kein Ufer, sondern nur eine Begrenzung ist. Er gleicht in diesem Mangel scharf geschnittener Abgrenzung den traurigen, kriechenden Binnenseen der Mark, die ohne Muth daliegen wie dunkles

Wassergewürm. Dieser triste Charakter, welchen die Berliner bei Trextow so emphatisch übersehen, verleidet die Wassermassen, welche ein Hauptreiz dieses östlichen Nordens von unserm Vaterlande sein könnten.

Die Post fliegt am Markgrafenschlosse von Schwedt vorüber, und durch eine breite Lindenallee, die Berliner Linden von Schwedt, dahin. Das könnte hier recht hübsch sein, wenn hübsche Menschen darunter spazieren gingen, so in der Morgendämmerung und wahrscheinlich auch sonst bei einer kleinen Provinzialstadt, neben einem verlassenen Fürstenschlosse hat das Ganze ein öd historisches Ansehn. Als die vielen hundert kleinen Souverainetäten noch bestanden haben, da müssen die Länder allerdings viel interessanter, charakteristisch gefärbter und belebter gewesen sein – wo man jetzt auf solche Rester stößt, da haben sie so etwas von alten Bibliotheken oder Bücherschränken, in denen Chroniken stehn.

Ewig jung und blühend ist nur der Tabak; dies moderne Gewächs, vaterländisch Blatt, gedeiht hier bei Schwedt in fetter, grüner Ueppigkeit, durch eine stolze Allee führt der Weg nach dem tabakklassischen Vierraden, berühmt durch seine Blätter wie Arabien durch seinen Weihrauch; der Vierradener stinkt nur ein Wenig. Ueppige Aussicht links und rechts für einen Schmaucher, und in Vierraden trocknen aus allen Bodenlucken heraus die langen Blätter dem Genusse oder Genossenwerden entgegen. Vierraden, das duftende, soll früher kriegerisch gewesen sein. Ein miserabel zerfallenes Gemäuer um einen kleinen brutalen Thurm am Ende des Oertchens ist Sitz der Kampfeslustigen von Vierraden gewesen, und sie haben mit denen von Schwedt in vielen Fehden gelegen. Von allem Ruhm ist jetzt nichts übrig als Tabak. Aber in unsrer Zeit der großen Reiche, der Allgemeinheit, der gleichen Militairpflichtigkeit sind mir die Erinnerungen an die Selbständigkeit der vielen einzelnen von Soundso immer sehr interessant, und wenn man ein Edelmann ist, so mag es von ganz angenehmen Reize sein, just einen Namen zu haben, der in Chroniken und Sagen also selbstständig genannt wird; es ist so etwas homerisch Episches darin im Gegensatze zu denen von Müller, von Schmidt, von Hoffmann. Es wäre schade, wenn der Schriftsteller Maltitz keine Nachkommen hätte, weil die Erinnerung an jene römische Antwort verloren gehen könnte, die er einst gegeben hat, als er wegen eines Schauspiels mit der Berliner

Polizei brouillirt gewesen ist. »Wenn die von Maltitz«, hat er gesprochen, »dreimal hunderttausend Mann kommandirten, so würden sie den von Zollern eine andre Antwort geben.« Dieses phantasiestarke Ignoriren einiger Jahrhunderte, diese unabhängige, von allen Möglichkeiten unabhängige Kombination ist mir viel interessanter gewesen, als alle Schriftstellerei des Herrn von Maltitz, welchem Eindrucke unbeschadet dessen »Pfefferkörner« und Sonstiges sehr schön und lehrreich sein können. Bei den Tabakspflanzungen und denen von Vierraden kam ich auf solche Abwege.

Hinter Vierraden ging die Sonne tönend auf, das Land dampfte, aus der Tiefe neben einem erhöhten Städtchen blinkte silbern hie und da die Oder auf, wir waren an der Grenze von Pommern, das vor uns liegende erste pommersche Städtchen heißt Garz. Hügelzüge nach mehreren Seiten geben der Aussicht Abwechselndes. So denkt man sich Pommern gar nicht. Freilich muß man überhaupt dreierlei Pommern unterscheiden: dasjenige, in welches wir eben hineinfahren, ist Vorpommern, ein fruchtbares, wohlhabendes Land mit der lebhaften, thätigen Haupt- und Handelsstadt Stettin; nordwestlich davon das sogenannte schwedische Pommern, jetzt Neuvorpommern, mit der stipendienreichen, studentenarmen Universitätsstadt Greifswald und dem durch Wallensteins Renommage berühmtem Stralsund. Dieser Strich Landes hat noch heute von seiner früheren schwedischen Zeit eine abstechend fremdartige Färbung; nordöstlich das betrübte Hinterpommern, das eigentlich arme, traurige Land, was man mit dem Ausdrucke meint: er ist ein armer Pommer. Hinter Stargard, einer artigen, rührigen Stadt, dem Gemüsegarten Pommerns, beginnt Hinterpommern. Die Stargarder mögen durchaus nicht zu Hinterpommern gerechnet werden, und gehören immer zur lebhaftesten Opposition, wenn das melancholische, tiefsinnige Volkslied gesungen wird:

> »Maikäfer flieg!
> Mein Vater ist im Krieg,
> Meine Mutter ist im Pommerland
> Und 's Pommerland ist abgebrannt,
> Maikäfer flieg!«

Nein! schrieen sie in Passendorf, dem *mons sacer* der neuen Römer, nein, 's ist nicht wahr, Pommerland ist nicht abgebrannt! – Das Ding mag wohl aus dem dreißigjährigen Kriege stammen, wo in Pommern oft Nachtquartier gemacht wurde.

Wenn man von Garz aus noch einige Male die Hügel hinauf und herunter gefahren ist, sieht man Stettin mit einem breiten Thurme auf einem der höchsten liegen. Da die Stadt sich mehr nach der Ostseite zur Oder hinabzieht, so zeigt sie dem von Berlin Kommenden mehr eine feste Burgspitze; wie bei allen Festungen und spröden Jungfern muß man lange und durch mancherlei Biegungen sich wenden, eh' man ihm Aug' in Auge gegenüber kommt.

2. Bis Swinemünde

Stettin ist zu großer Wichtigkeit erhoben worden, da es der Hauptort des Ausgangs und Eingangs für die preußische Schiffahrt ist.[1] Die Zeiten der Hanse sind vorbei, wo Danzig eine Rolle spielen konnte, jener abgelegene Theil der Ostsee mit den kärglichen Beziehungen zu Rußland, dem Verkehre mit Thran und kleinen Kaviarfäßchen ist eben ein abgelegener worden. Es ist von da keine kourante Straße in's Herz des Landes, die Weichsel verirrt sich zu weit nach Osten, der Landweg ist zu weit und zu theuer, jene altpreußischen Provinzen sind durch zufällige Konstellationen viel unbedeutender, und für eignen Markt viel unwichtiger geworden, als sie es einmal gewesen sind. Stettin aber hat die Oder, den rein preußischen Fluß, es grenzt näher an England, an dieses Alpha und Omega alles dessen, was Geld, Erwerb und Handel heißt. »Stettin ist der erste Seeort Preußens, obwohl es gar nicht an der See liegt. Halb hinter der Stadt dehnt sich die Oder in's Haff aus, und mündet im Hauptarme Swine in's Meer. Sie ist glücklicherweise bis Stettin so tief, daß sie große Schiffe trägt, und am Bollwerke von Stettin sieht man Fahrzeuge von allen Kalibern. Freilich müssen die schweren einen Theil ihrer Ladung vorher auf die sogenannten Lichter schaffen; indessen hat das ungeheure Werk schon lange begonnen, allmählig ein so tiefes Fahrwasser zu gewinnen, daß dies Ausladen oder Lichten erspart werde. Zu dem Ende arbeiten die Bagger Tag um Tag – dies sind plumpe, breite Fahrzeuge, in welchen eine Dampfmaschine stöhnt, und an beiden Seiten eine Reihe kupferner Kessel in Bewegung setzt. Diese scharf geränderten Halbkessel schneiden in den Wassergrund ein, schöpfen sich damit voll, steigen wieder auf, schütten den Boden in ein Behältniß, gehen dann von Neuem hinab, und vertiefen auf solche Weise den Grund. Man sieht dieser theuren Instrumente von Stettin bis jenseits des Swinemünder Hafens mehrere, und es steht zu erwarten, ob die Natur den Baggern weichen wird.

Ich hab mir dies Oder- und Swine-Seewesen mehr wie einen Dilettantismus vorgestellt, hab' aber doch viel mehr gefunden, als ich erwartet hatte. Stettin hat einen sehr respektablen Wasserverkehr, und Theer und Masten; gekauter Tabak und Waarentonnen, Matrosenlärm und kräftiger Geruch sind in Genüge zu finden, wenn man von der obern Stadt nach dem Wasser hinabsteigt.

Die Pommern und Stettiner sind sehr stolz auf Stettin, und finden es sehr schön gelegen und mit schöner Gegend umsäumt – das hügelige Terrain am Wasser ist auch wirklich für diesen sonst magern Theil unsers Vaterlandes ganz artig; objektiv betrachtet ist es freilich nicht viel. Frauendorf, ein am Bergeshange seitwärts des linken Oderufers gelegenes Oertchen ist der besondere Stolz Stettin's. Die Verläumdung sagt, es laure ein fanatischer Stettiner an der Luisenstraßen-Ecke dicht bei der Post allen Reisenden auf, und falle sie meuchlings mit dem Vorschlage an, Frauendorf zu sehen, um jeden Preis Frauendorf zu sehen.

Unweit Frauendorf liegt eine Villa auf dem Hügel dicht in Bäumen, und ich muß gestehen, daß dies der einzige Punkt gewesen ist, der mir einen Reiz gewährt hat. Wenn man in solcher Gegend lebt, dann mag es recht und noth-wendig sein, sich die vorliegenden Gaben so günstig als möglich in's Auge zu stellen; in jedem Kreise lassen sich auch wohl Verhältnisse auffinden, die uns behaglich sind, es mag auch dies gar nicht so schwer sein bei dieser Gegend, aber ohne Weiteres will ich nicht zu den Stettinern stimmen. Wenig Farbe, bis auf das melancholische Grün des Flußufers, was so niedrig ist, daß der schmale Fluß jeden Augenblick in unserm Glauben überlaufen kann, gleich einer Suppenmasse in grün glasirtem Topfgeschirre, keine Gruppirung, ungleiche, fast immer unbequeme Temperatur vom Wasser her – nur wenn man lange Zeit keine weckende, schwunghafte Gegend vor Augen gehabt, wenn man lebhaft dessen eingedenk bleibt, es sei ein nordisches, weniger zeugendes Klima ringsumher, nur dann streift man mit »O ja, hem, hem, ganz artig« durch all diese nördlichen Partieen. Die rücksichtslosen Lobpreiser haben ihnen freilich am meisten geschadet.

Stettin ist bis jetzt die einzige Stadt in Preußen, welche eine Statue Friedrich's des Großen besitzt – hatten die Engländer doch lange Zeit Shakespeare vergessen, und Garrick mußte ihn aufwecken.

Es ist ein Bild aus weißem Marmorsteine, auf einem hübschen Paradeplatze aufgestellt, welcher davon »der weiße« genannt wird. Ueberhaupt lehrt es hier jeder Schritt, daß Preußen seinen markigsten Kern in diesem Pommerlande besitzt – ein einfach, treues und der tüchtigsten Aufopferung fähiges Volk sind diese Pommern. Braucht nicht nach entfernten Gebirgländern zu reisen, um offne Biederkeit zu suchen, ohne Affektation haben die Pommern alle Tüchtigkeit der Tyroler – die Gesinnung dieses Volksstammes im Ganzen, im Durchschnitte hat mir einen durchweg lieben, überaus wohlthätigen Eindruck gemacht. Mag es einige Beschränktheit abgeben, mag Spekulation ein ganz wo anders herkommendes Wort sein, das Herz behält doch ewig seine Macht und Rechte, und das Herz erhält die besten Eindrücke unter den einfachen, redlichen Pommern. Daß dieser Eindruck gehoben wird durch das Aeußerliche dieses Volksstammes, durch die kräftigen, tüchtigen Leiber, die vorherrschend wohlgebildeten Gesichtszüge, durch den allgemeinen gefunden Anstrich der Generation, das ist natürlich und eine Bezeichnung mehr.

»Haben Sie Löwe gehört? haben Sie die neue Börse gesehen, – nicht wahr, der schlechte Platz dafür blamirt uns auf 150 Jahr und länger? Sind Sie in Frauendorf gewesen?«

Diese Fragen, Stettiner Fragen, die jedem Reisenden zukommen, der einen Frack besitzt, waren vorüber, und ich schwamm auf dem Dampfboote die Oder hinab, vorüber an den unzähligen Schiffen und Kähnen, Holzplätzen, kleinen Fabriken und sonstigen Betriebsamkeiten, die der Philister Handel und Wandel nennt, nach dem Haff hinaus. Hier hat man eben zur linken Seite etwa eine Viertelstunde vom platten Ufer jene kleinen Hügel, der Stolz Stettins, wo Frauendorf des Bewundertwerdens harrt, hier kommt auch jene Villa, deren ich oben gedachte. Ein stattlich italienisch Haus, reich und gestaltig von Bäumen umgeben macht sie allein jenen Eindruck, den man reich nennen dürfte, und der im Allgemeinen hier vermißt wird. Sie gehört auch einer reichen Wittwe, bei der die angenehmste, bedeutendste Gesellschaft, also auch wirklich reicherer Lebensreiz zu finden sein soll. Der bekannte Componist Löwe ist öfters der Woche hier anzutreffen; seine Stellung in Stettin ist die eines Organisten an der Jacobikirche, seine Stellung in der musikalischen Welt eine fast einzige, der Uebergang zum Poeten, welcher mit Worten und Gedanken den bewußten Menschen bewegen will, zum Musiker, der mit Ausdrücken wirkt, welche Empfindungskräfte berühren, Empfindungskräfte, deren die Geistesoperation nicht habhaft werden kann, – mit Tönen. Löwe steht mitten inne: seine

Kompositionen haben noch so viel Geistesoperation des Poeten, daß die Musik nur ein Begleitendes, Untergeordnetes wird, und doch so viel des Eindrucks aus der geheimnisvollen Tonwelt, daß der bewußte Weg des Poeten umschleiert ist. Man sollte ihn vorzugsweise statt Musiker – Komponist nennen; er stellt zwei große Welten zusammen, und ist mehr ein Talent, als ein Genie. Das hier vermißte musikalische Genie, ist freilich bei den meisten Musikern nur ein Instinkt, der nur im musikalischen Elemente eine Existenz hat, und sein Verhältniß zur übrigen Welt nicht versteht, wer will aber etwas sagen gegen solche Kapricen der Gottheit, man nimmt sie hin wie eins der vielen Mysterien, in denen wir weben, und vergißt es gern, daß der unser Innerstes bewegende Musiker außer seiner Kunst ein Dummkopf sein könnte.

Die überwiegende Richtung nach Goethescher Poesie bei Löwe ist aus Obigem erklärt, und daß er die Musik nur als eine Hilfskunst betrachtet eben daher. Diesem Rationalismus der Musik steht als baarer Gegensatz Mendelssohn-Bartholdy gegenüber, welcher die musikalische Welt als eine vollkommen selbstständige geltend machen will, und Lieder ohne Worte schreibt. Dies gilt bei Löwe für baaren Unsinn; ein solcher Vorwurf müßte aber dann freilich alle blosse Instrumentalmusik treffen. Ich glaube, wir werden wohl daran thun, uns beider Weisen zu erfreuen, bis einmal ein großer Geist die Geheimnisse der musikalischen Kunst definirt, und wir dann paragraphenweise darthun können, was unser Herz bewegen soll, was nicht.

Löwe selbst soll ein einfacher, bedeutender Mensch sein, der sich wie die meisten derartigen Figuren mehr in kleine Kreise und wenig Menschen zurückzieht. In der That gibt es wenig Anlagen zu innerlich bedeutender Wirksamkeit, welche nicht eine Concentrirung auf einzelne Menschen nöthig machten; in dieser Gedankenrichtung liegt wohl auch die Monogamie, es liegen darin die gerechten und ungerechten Vorwürfe gegen den Goethe'schen Umgang.

Gesellige Genies werden selten historische.

Wo der schmale Oderfluß aufhört, diesen Namen zu tragen, wo sich die Wasserfläche zuerst mehr ausbreitet, da wird es Paxenwasser genannt; ist es zum weiten, kaum übersehbaren See ausgedehnt, dann heißt es Haff. Hier beginnen schon meerartige Erscheinungen:

die kartoffelfesten Landbewohner werden mitunter seekrank, hier und da erblickt man einen Heineschen Vogel, eine Möve. Dieser Vogel ist wirklich durch ihn und seine Gedichte zu einer anständig und allgemein honorirten poetischen Figur geworden. Ich zog mich indessen in die Kajüte zurück, um mir den Meeresgenuß nicht durch diese Haffanfänge verkümmern zu lassen.

Dort in der Kajüte saß im Winkel, abgewendet von aller Welt, ein Bekannter aus Berlin, der mich nur etwa des Jahres einmal erkannte, ein Muster-Hypochonder, der sich darin von den gewöhnlichen unterscheidet, daß er sich seit mehreren Jahren für hergestellt ansieht und ausgiebt. Ich befinde mich außerordentlich wohl, pflegt er zu sagen, wenn er etwas sagt, seit ich *nux vomica* brauche, außerordentlich wohl.

Die erste Pflicht, die man jedem Hypochonder zu erweisen hat, besteht darin, ihn nicht eher wirklich zu kennen und anzureden, als bis man deutliche Anzeichen hat, er wolle es selber. Daß er antworten, auf etwas eingehn, sich betrachtet sehn muß, das ist ihm bereits eine gewaltige Anstrengung, deren er Kräfte und Nerven nicht immer fähig fühlt. Stumm neben Jemand sitzen, der ihm nicht stockfremd ist, macht ihm schon Arbeit und Mühe, denn der neben ihm Sitzende ist ja doch der stumme Gläubiger eines Gespräches. Jede Nähe nimmt in Beschlag; das empfindet der Hypochonder bis in die feinsten Nüancen – wer nie hypochondrisch gewesen ist, kennt das feinste Gewebe von Combinationen gar nicht, dessen der Mensch fähig ist.

Mein Schöneberger – in Schöneberg bei Berlin hatte ich mit ihm Kegel geschoben, als die *nux vomica* in glänzendster Blüthenwirkung bei ihm stand – schien keinen ganz schlechten Tag zu haben, obwohl er im Winkel saß; es war zwar nicht der kleinste Buchstabe in seinem Gesicht, als ob er mich jemals gesehen; aber ich sah schärfer, seine Augenlieder verriethen mir, daß es heute seine Hypochondrie erregen würde, wenn ich ihn ignorirte. Diese Gegensätze liegen einmal in dem Zustande: jetzt um keinen Preis gekannt sein, im nächsten um jeden Preis, weil man sonst Verachtung, Feindschaft, im Stillen schleichende Intrigue und alles Schlimme dahinter tragen kann. Kurz, sein linkes Augenlied sagte mir: heut will ich gegrüßt sein, und dann werd' ich mich besinnen, wo wir uns gese-

hen haben, und dann werd' ich nach einiger Zeit Schöneberg er-
rathen mit dem Kegelschieben, und dann werd' ich sehr lächeln.

So geschah's. Er wollte nach Copenhagen reisen – Brechmittel haben etwas Vehementes, sagte er, obwohl sie eine vortreffliche Erschütterung des Organismus erzeugen, eine gelinde Seekrankheit
muß ausgezeichnet wirken, ich hoffe darauf – den Ocean hab' ich
erschöpft, die langen ungeschickten Wellen vermögen nichts mehr
über meinen Magen, aber ich hoffe noch Alles von den kurzen,
unregelmäßigen Stoß-Wellen der Ostsee –

Sie fahren also blos nach Copenhagen, um –

Bitte ergebenst, der Herr hinter Ihnen wünscht Sie zu sprechen –
pah!

Ein richtiger Hypochonder läßt große Zwecke niemals bei ihren
blanken Namen nennen.

Der Herr hinter mir wollte *L'hombre* spielen; da es aber auf dem
Verdecke etwas Regen warf, so ließ sich nichts dagegen sagen, der
Herr schlug aber dermaßen hohe Sätze der Points vor, daß ich so
lange äußerst erstaunte, bis ich mit einigem Detail dieses Herrn
bekannt wurde. Er war nämlich bei der Post angestellt, und hatte
nur drei Tage Urlaub, drei Tage Urlaub sind aber in einem Postoffi-
ciantenleben schon eine so außerordentliche Seltenheit, daß während derselben alles mögliche Außerordentliche versucht wird –
ist's schon gefährlich, mit einem Commis zusammenzutreffen, der
nach vierzehn Tagen oder gar drei Wochen seinen Sonntag-
Nachmittag hat, so kann die ganze Existenz aufs Spiel kommen bei
einem Postofficianten, der nach so und so viel Monaten einige
Stunden Urlaub hat. Alles an Wagniß und Genuß soll da zusam-
mengedrängt werden, was sich klein, einzeln, unscheinbar in unse-
rem stets offen stehenden Leben herausmacht und verliert.

Der Hypochonder lächelte zum *L'hombre*: Kartenspiel kümmert
sich um Nachbarn und Zuschauer nicht, der Nebensitzende ist
leicht beschäftigt, und doch nicht in Anspruch genommen, bleibt
stets ein Freiwilliger. Dieser Zustand ist das Ideal eines Hypochon-
ders. Er flüsterte zuweilen seinen Lieblingsspruch: »das Leben ist
wenig, das Leben ist blutwenig«, und daran war zu erkennen, wie

vortrefflich er sich befand, denn der eigentlich schlimme Hypochonderzustand hat keine Wort.

Wir waren mitten im riskanten *L'hombre*, als der Postofficiant erfuhr, das Dampfschiff gehe am andern Morgen schon wieder von Swinemünde ab, dann pausirte es zwei Tage, ehe es wieder ankäme und abführe. Dies war gegen den Plan seiner dreitätigen Ferienzeit, und er war nun genöthigt, des andern Morgens wieder zurückzureisen, wenn er zur rechten Zeit hinter'm Brieffenster sitzen wollte. Dies machte ihn noch verwegener, und er paßte gar nicht mehr, sondern entrirte jedes Spiel, um die Zeit auszubeuten – die Situation mochte den Hypochonder amüsiren, er flüsterte immer lebhafter: das Leben ist wenig!

Da wechselt die Scene: der Postbeflissene vollendete die stehende Formel: »ich entrire« nicht mehr, die Karten entsanken seiner Hand, er neigte sein Haupt – das Haff war unruhig geworden, und stieß unser Schiff heftig in die Rippen, Neptuns Opfer begannen ringsum – mit dräuender Miene blieb nur der Hypochonder aufrecht sitzen – jeder Lump wird seekrank, sprach er vor sich hin, nur ich nicht.

Man erzählt, daß alte, ausgepichte Matrosen, lebenslange Indienfahrer, denen der Ocean die Magenheiterkeit keinen Augenblick trübt, daß diese Auktoritäten des Schönebergers auf dem Haff und der Ostsee krank werden wie Landratten; ich machte die entsprechende andre Erfahrung: auf dem adriatischen Meere straften mich die Meeresgötter in den ersten fünf Minuten, hier fühlte ich nur den Kopf ein wenig belegt. Da ich ausgestrecktes Liegen, besonders wenn der Kopf sich ebenfalls horizontal fügt, als probat erfunden hatte, so nahm ich eine Kajütenbank in Beschlag, und das stille Schaukeln, das gleichmäßige Aechzen und Stöhnen der Opfernden, der unverrückbar in der Mitte des Zimmerchens sitzende, vergebens den Meereszorn herausfordernde Schöneberger wirkten so einförmig, schläfernd auf mich, daß ich halb bewußtlos auf den Wogen schwamm.

Behält es nicht immer etwas tief Erschreckendes, wie unser Leben fortwährend an unermess'nen Abgründen schlummert! Wir haben uns so hinein gelebt in die gröbsten äußerlichen Gesetze der Dinge und Kräfte, daß wir die Furcht vergessen, weil wir nicht mehr nachdenken. Es ist auch das Beste, da gar nichts zu fürchten, wo man Alles fürchten müßte – man denkt nicht daran, daß die See einmal senkrecht, aufwärts strömen könnte statt horizontal, dann verschlänge sie solch Dampfboot wie einen Tropfen, man schläft ein im unbewußten Vertrauen auf herkömmliche Gesetze.

Ich hatte lange geschlafen, aber der Hypochonder saß noch unverrückt dräuend da, ein kugelfester Held, um den rings Alles gefallen war – nicht seekrank? fragte ich – ein verachtendes Schweigen antwortete – die Ostsee macht mehr Wirthschaft, tröstete ich, und zum Zeichen des Empfangens solcher Tröstung puhstete der Schöneberger.

Ich stieg aufs Verdeck – kalter Wind und Regen schmissen darüber hin; an der Backbordseite war ein Raum den Seebrüchigen angewiesen; Matrosen führten allerlei Kandidaten dahin, namentlich eine alte Stettinerin hatte fest wie an der Farobank Posto gefaßt, mit beiden magern Händen den Rand des Schiffes haltend, und in gemessenen Pausen sich vom Sitze nach dem Wasser zu erhebend. Sie hat ihren Posten bis wir landeten unverrückt bewahrt wie der Steuermann. Eine Dame jüngerer Zeit verdeckte das Gesicht mit schönen weißen Händen, die Augen schienen geschlossen zu sein, sie regte kein Glied – der Postbeflissene, welcher sich herauf geschleppt hatte, kauerte nicht weit von ihr, und genoß in Angstschweiß gebadet seine Ferien. Kleine Hügel rechts vom Schiffe flogen dicht am Ufer vorüber, die Lebbiner Berge, noch weiter rechts zeigten sich die Wolliner, Swinemünde war nahe. Mittelmäßigen Geographen wird es bekannt sein, daß in der Schule gelehrt wird, die Oder bilde bei ihrem Ausflusse zwei Inseln, Usedom, oder vollständiger Uisedom und Wollin; heißt nun auch das Wasser nicht mehr Oder, und datirt es auch nur zum geringsten Theile von ihr, die Sache hat doch ihre ziemliche Richtigkeit, und als wir um eine kleine, mit Fichten sparsam bewachsene Landzunge gebogen waren, lag die östliche Ecke von Usedom vor uns, und darauf mit leuchtenden weißen und gelben Häusern Swinemünde: Es erinnert an die Landhäuserreihe, welche zwischen Padua und Venedig am Ufer der Brenta liegen. Von den vielen Kauffahrern im Hafen schallte jener monotone Matrosengesang, der uns noch zu sprechen geben wird; was noch von Badegästen in Swinemünde war, kam an den Quai, Bolwerk hier genannt, um das Dampfschiff landen zu sehn; dunkelnd fiel der Abend nieder; der Postbeflissene sah's mit

Schmerz; nur dieser Abend, den ihm die Nachwehen der Seekrankheiten füllten, war der stille Genuß seiner Reise, den andern Tag mußte er fort; der Schöneberger erschien auf dem Verdecke und sagte »Pah!«

3. Swinemünde

Swinemünde ist das Seebad von Berlin wie Scheveningen vom Haag, Havre de Grace und Boulogne von Paris. Obwohl es etwa dreißig Meilen von Berlin entfernt liegt, so kann man doch mit Schnellpost und Dampfschiff in vierundzwanzig Stunden da sein. Nächst den Berlinern sind natürlich die Pommerschen Leiber vorherrschend in diesem Seebade, auch die Schlesier, tief eingekeilt in's Binnenland, wenden sich meist hierher, wenn sie Meereseinflüsse brauchen. Was weiter nach Westen in Deutschland liegt, sucht die Nordsee.

Wie das Volkslied sagt »es fiel ein sanfter Regen«, als wir an's Land stiegen, der Schöneberger verließ uns brüste ohne Abschied, der Postbeflissene schüttelte sich, und vertraute mir, es sei ihm noch so jämmerlich zu Muthe, daß er sich gleich zu Bett legen müsse, und nicht einmal in's Gesellschaftshaus kommen möge. Dies Gesellschaftshaus liegt wenige Schritte abgesondert von der Stadt, aristokratisch allein, einige hundert Schritte vom Landungsplatze und diesem gegenüber. Es ist der Mittelpunkt fashionabler Badewelt, und auf ganz stattlichem Fuß eingerichtet. Man findet Mittags dort eine große *table d'hôte*, und Abends Gesellschaft, die sich mit Essen, Trinken, Spiel, Musik und Tanz unterhält.

Ein Schiffer wies mich mit Gepäck und Wohnungsgesuch an sein reizloses Weib, und wir stiegen am Bolwerke hinab auf festem feuchtem Sande – dieser solide Dünensand vertritt hier die Stelle des Pflasters. Eine lange artige Reihe Häuser mit der Aussicht auf den inneren Hafen, welchen die Swine bildet, zieht sich im stumpfen Winkel an diesem Quai hinunter, langsamen Ganges fast eine kleine Viertelstunde einnehmend. Hinter dieser ersten Reihe finden sich noch zwei, drei Straßenschichten, und diese nicht unbedeutende Masse, hinten an einen Föhrenwald und an Sandfläche gelehnt, bildet Swinemünde. Vom Meere ist nichts zu sehn.

Es war in den letzten Tagen des August, und ich konnte annehmen, daß die Wohnungen bereits zum größten Theile verlassen seien; suchte mir also die hübscheste mit einem Treppenaufgange und breit rankenden Pfirsichbäumen geschmückte Villa aus und trat hinein. Da fand sich denn auch eine sehr noble Wohnung, ein großes, gut möblirtes, sogar mit einem Fortepiano geschmücktes, dreifenstriges Zimmer und ein geräumig Schlafgemach. Das gilt in der Saison wöchentlich fünfzehn Thaler, daraus kann auf den Preis-Courant im Allgemeinen geschlossen werden; er ist ganz solid und tüchtig, gestattet indessen bei der außerordentlich großen Anzahl von Wohnungen – fast zwei Drittheile des Orts sind zur Aufnahme eingerichtet – die jedem zusagende Modification. Jetzt, außer der kouranten Badezeit, kostete meine Wahl auch nur den dritten Theil des Saisonpreises. So saß ich denn bald eingerichtet im großen Zimmer einsam und allein, und wie es zu gehen pflegt, wenn man sich auf einige Zeit in neue Räume und neue Zustände einsetzt, das ganze Leben mit seinen tausend Anfängen und Versuchen tritt wie eine Summe vor die Seele. Man übersieht wie eine fremde Geschichte die kleinen und großen Wehen, die uns nahe getreten sind, und für welche wir kein glücklich Ende zu hoffen mußten, oder gar kein Ende; alle die Lagen und Verhältnisse, für welche unsre Phantasie das Bunteste, Kühnste komponirte, alle die außerordentlichen Wünsche, die wir für unser verborgenes Privatglück erzogen, deren Erfüllung uns für unmöglich galt – Alles das übersehen wir und lächeln, als ob das Alles klein und unbedeutend gewesen sei. Zusammengeschrumpft ist es in die Jahre vertrocknet. Von geheilten Schmerzen entdecken wir kaum noch die Narben, und wundern uns höchlich, wie das hat quälen können; das Bunteste und Kühnste ist geworden; nur weil wir's auf andern Wegen, als uns vorschwebte, erreicht haben, sieht es nicht mehr bunt und kühn aus; Werken unserer stolzesten Phantasie sind wir so nahe gekommen, um sie als unwesentlich, unhaltbar, nicht mehr zu begehren. Und doch erkennen wir schmerzlich – der Schmerz hat eine sichre, ewige Jugend – daß sich Anderes geöffnet hat von Wünschen und Perspektiven, und daß wir fortringen werden bis zur Bewußtlosigkeit. Diese luftgraue Ewigkeit des Lebens taucht auf wie der alte Chronos mit grauem Wellenbarte vor unsrer Seele – ich hatte die Fenster geöffnet, es regnete leise draußen, die weißen Raaen der Schiffe leuchteten auf dem Hafen; links und rechts, wo noch Badegäste wohnten, klang Gesang und Saitenspiel, frische Mädchenstimmen flogen wie Vögel durch den dunklen Abend. Und all das Menschliche rings um Dich her hat auch solche Geschichte, hofft und zweifelt und erlebt die Zeit, und hofft und zweifelt weiter, und Alles sucht das Glück, und findet Etwas, und stirbt darüber.

Unruhiger ward der Regen, Wind und Sturm erhob sich von der Meerseite her, halb hörte ich das Brausen und Toben der See, die nördlich hinter Swinemünde an die deutsche Küste pocht. Dazwischen klang zu meinem Erstaunen ein gedämpftes polnisches Lied: vier bis fünf Gestalten, dicht von Mänteln verhüllt, strichen schattenhaft durch den Regen vorüber – wie auseinander gerissene Atome fliegt diese Nation mit ihrem Weh in Europa umher, überall begegnet man ihr. Der Sturm verschlang ihre leisen Stimmen, der Regen rauschte, kalt wehte es aus dem Wasser herüber, ich schloß das Fenster, und horchte im Bett dem Toben weiter – vielleicht, dachte ich, ringt ein Schiff draußen auf Tod und Leben mit diesem Wetter, während Du ausruhst von Reise und Drang; das ist die Welt.

Am andern Morgen derselbe graue Regentag, von dem alten Schifferweibe geleitet, welche die Reisetasche und den Regenschirm trug, schlich mit fest umgeschlagenem Mantel der Postbeflissene trübselig vorüber, um sich wieder einzuschiffen und seinen Genuß von Swinemünde heimzuführen unter die Briefbücher.

Als der Regen etwas nachließ, wollte ich das Meer suchen gehn – ein oberflächlicher Bekannter, oberflächlich für mich und für sich, mit dem ich Gott weiß in welches Herren Land Wein oder Kaffee getrunken hatte, begegnete mir, und suchte mich zu orientieren.

Fast vor allen Häusern in Swinemünde sind kleine Leinwanddächer, sogenannte Marquisen, angebracht, die Sonne mag vom Wasser und Dünensand arg zurückprallen, und schattende Bäume fehlen – unter solchem Dache saß ein weißgekleidet Mädchen, ihre dunklen Haare hingen aufgelös't über Schultern und Rücken, ihre Hände waren in den Schooß gelegt, sie sah unverwandten Blickes über die kleine fichtenbewachsene Landzunge nach dem Haff hinaus, wo vor wenig Stunden die Rauchsäule des Dampfschiffes verschwunden war. Was will diese weiß und schwarze Desdemona-Romantik hier im gesunden, sandigen Pommerlande und bei diesem Regenwetter?

Das auf gelös'te Haar hätte mich nicht verwundern sollen, alle Damen tragen es nach dem Seebade so, und man sieht sie links und rechts in dieser Manier, als ob Scipio vor Carthago läge, und die Frauenhaare zu Bogensehnen dargebracht würden, wie dort geschehen sein soll. Auch haben die Damen Sturm und Wetter zum Trotz viel hartnäckiger und beständiger als die Männer – Weiber fürchten die Idee der Gefahr mehr als wir, aber der Gefahr selbst stehen sie entschlossener; und was sie angefangen, treiben sie konsequenter zum Ende, vielleicht schon darum, weil es der Formel gewordene Glaube ihnen nicht zugestehen will. Offenbar giebt es viel mehr treulose Männer als Frauen, wenigstens ist der Mann öfter untreu als das Weib – fragt unsre Liebeshelden aufs Gewissen; sie wechseln schon mehr, weil es bei ihnen leichter und spurloser geschehen kann, bei der Frau macht es mehr Eklat, und darum bemerken wir's öfter, und man zählt nur das, was bemerkt wird.

Mit diesem weißen Mädchen hatte es aber eine andere Bewandniß. Noch vor einem Monate war sie ein heiteres, lebensfrohes Kind gewesen, und ein schöner Kavalier hatte sich um ihre Gunst beworben, und sie erhalten. Man fragte, ob sie sich verloben würde, dazu lachte sie. An einem sonnenhellen Abende hatte sie mit dem Kavalier unter der Marquise gesessen, das Dampfboot kommt an, und das Mädchen sagte: Dort kommt mein Schatz, der Kavalier küßt ihr die Hand und fragt: Soll der erst kommen? Die Passagiere ziehen mit ihrem Gepäck vorüber, um Wohnungen zu suchen, einer von Ihnen, ein junger stattlicher Mann, betrachtet stehen bleibend das Paar durch seine Lorgnette, und es ist ihm anzusehen, daß er die Dame interessant oder schön findet; er beordert die Schiffsfrau, mit dem Gepäck vorauszugehen, und zum Erstaunen des Paares tritt er unter die Marquise, sagt dem Herrn: »Ich heiße Soundso, haben Sie die Güte mich der Dame vorzustellen«, er setzt sich neben Sie, erzwingt mit großer Geläufigkeit ein Gespräch, sagt ihr die unumwundensten Artigkeiten, ja Liebeserklärungen, und veranlaßt am Ende den begünstigten Kavalier, der nichts zu sprechen, keine Theilnahme in Anspruch zu nehmen findet, von dannen zu gehn. Das Mädchen, muthig und muthwillig, hat solcher Eigenschaften wegen die Partie nicht ergreifen wollen, welche der Kavalier bei der Zudringlichkeit des Fremden erwarten möchte. Er geht also, dieser bleibt, sein Ton wird dreist wie Romeos, den er zu seinem Gewährsmann aufführt, aber auch so fesselnd, daß die Dame nicht zum ernstlichen Abweisen gelangen kann – er kommt Mittags wieder, kommt Abends, Tag für Tag, und jedes Kommen ist ein Sturm, der Kavalier, nicht einmal zu einer Vertheidigung gelassen, ist verdrängt, reis't ab, man fragt die Dame wieder, ob sie sich verloben werde – sie schweigt, sie hat den schönen Fremden den ganzen Tag nicht mehr gesehn. Des Morgens, als das Dampfboot zur Abfahrt fertig gewesen, ist er in demselben Rocke, den er an jenem ersten Abende getragen, vorüber gegangen, er hat nur gefragt, wie es ihr ginge, und ob sie ihn noch liebe, und ist lächelnd fürbaß geschritten. An diesem Morgen war er abgereis't, und das Mädchen hat nichts mehr von ihm gesehen und gehört. Ihre Wangen sind noch roth, die schwarzen Augen noch glänzend, wenn auch nicht so glänzend wie früher, nur ihre Munterkeit ist hin, und sie starrt oft nach dem Haff hinaus, wieder jetzt, es gehen auch nicht mehr viel Leute, besonders wenig Damen mit ihr um. Das arme Mädchen soll von ihrer Mutter sehr gescholten und hart behandelt werden. –

Freilich ist es den Leuten stets interessanter, die Verwüstungen eines Schlachtfeldes, Unglück und Elend zu lesen, an dessen Mitempfindung sie nicht vorüber können, weil es thurmhoch im Wege liegt, oder schreit. O, seht mitunter auch die kleinen Blumen an, unter deren Kelchblatte der schlimme Wurm nagt. Was war denn das für ein Wurm, den wir da gesehen? Die Dreistigkeit verwöhnter Kräfte, durch steten Erfolg, durch freche Erziehung verwöhnter Kräfte, oder die Waffen- und Schutzlosigkeit des Weibes?

Ich bat meinen Begleiter, nicht zu anatomiren, und mir den Weg nach dem Meere zu zeigen. Dem fernen Donnern nachgehend kam ich in einen Föhrenwald, welcher drei Schritt hinter Swinemünde beginnt, und bis an die Dünen geht. Man nennt ihn Plantage – der Name zerstreute mein Interesse, und führte mich in die Jugendzeit zurück, nach Glogau aufs Gymnasium, und auf die dürren Spaziergänge um die Festung, wo wir uns von der Wenck'schen Grammatik erholten. Da war eine grüne Gartenanlage, viel schattiger denn Alles ringsum, mitten drinnen stand ein Kaffeehaus von Baumrinde, da saßen die Honoratioren, rauchten Tabak und erholten sich ebenfalls – das Ganze hieß die Plantage. Wir kleine Brut durften uns nicht hinein wagen, und lauschten und kuckten heimlich über den niedrigen Zaun, die vornehmen Mädchen in schönen Kleidern anstaunend, seufzend und weiter springend. Die vornehmen Leute haben's doch gut, sagten wir, und besonders die Mädchen, die brauchen keine Vokabeln zu lernen, überhaupt nichts zu lernen, hübsch sind sie ja von Natur alle. –

Die vornehmen Leute waren Rendanten, Lieutenants und Capitains, Kanzlei-Inspektoren, Gymnasiallehrer – jetzt konnt' ich viel vornehmere Leute haben, und sie interessirten mich nicht – das Verhältniß ist Alles, Alles liegt nur in uns, alle Färbung, aller Reiz, draußen ist Alles und draußen ist nichts. Mit aufgelös'tem Haare fuhren schöne Mädchen an mir vorüber – was kümmerte mich's! Es war kein Glaube in mir, kein Vertrauen, gereizt zu werden. – Da glaubt man, das bischen Mädchenherz mit der Neigung hierhin, der Neigung dahin auswendig zu wissen; und die Männer! der will Politik, der Geld, der Titel, und Jeder will es matt, und wenn er ganz will, und mit dem Kopfe anrennt, so heißt er ein Narr – wozu reden mit diesen Leuten, welche vom Bade zurückkehrten!

Man sieht, es war eine ganze Gegend des Schönebergers wie ein braunes Moor mit Heidekraut in mir aufgeblüht. Dann hofft man thöricht auf Masseneindrücke, ich dachte: das Meer wird Dich zwingen.

So kam ich an die Dünen. Das sind kleine Sandhügel, drei, vier, fünf Schritt hoch, welche das Land vom Meere scheiden. Sie haben den schönsten Streusand, und sind offenbar für die Kanzleien und Sekretairs geschaffen; traurig, halmartig vereinzeltes Struppgras sprießt aus ihnen, so daß sie ganz das Ansehn eines alten, grauen Mannskopfes gewähren, der schlecht barbirt ist.

Es ist einzugestehn, daß die See viel zu thun hatte, wenn sie auf einen so Vorbereiteten, dermaßen Profanen erklecklich Eindruck machen wollte. Ich trat auf die Dünenspitze – Meer! Ostsee! Schwarzgrün, mit weißem Schaum bedeckt, kam sie daher, als wollte sie weit hinein in's Land, wenigstens bis Angermünd oder Neustadt Eheswalde, hielt aber still an dem ebenen Sandufer, noch eine ganze Strecke jenseits der Dünen. –

Von Ewigkeit, von Unendlichkeit, von Menschenkleinheit, von wüster Absolutheit sollt' ich durchdrungen sein, das gilt für die kourante Art, wie man empfindet beim Anblick des Meeres, und wer dergleichen Empfindung nicht zur Hand hat, das ist ein verwahrlos'tes Geschöpfe. Ja, ich war ein verwahrlos'tes Geschöpfe, aber ich trug die Schuld nicht allein, sondern der Schöneberger und die Ostsee selber.

Der Schöneberger nämlich ging am Strande spazieren, um erquickende Seeluft zu genießen, hatte sich aber gegen etwaige Erkältung dermaßen in Pelzmütze, Mantel und Wasserstiefel eingepackt, daß schier allein die gesunde Schnupftabaksnase der Seeluft theilhaftig werden konnte. Und die Ostsee war mir zu genirt, um einen überwältigenden Eindruck ohne Weiteres auf mich zu machen. Rechts laufen die sogenannten Molen ein langes Stück hinaus in's Meer, an deren Spitze der Leuchtthurm, links tritt die Küste mit den rothen Dächern von Häringsdorf auch ein wenig vor, aufdringlich für das Auge – was den Eindruck der Unermeßlichkeit betrifft, da ist das Meer nur Meer, wenn man eben nirgends einen Maaßstab sieht. Sobald man wegdenken, hinzudenken muß, da ist eine kombinirende Thätigkeit von uns in Anspruch genommen, und die unmittelbare Illusion ist gestört, Illusion ist eben etwas Unmittelbares.

Weiß ich doch, wie es mir mit Venedig ergangen ist: eine Wasserstadt fand ich, aber Meer, Meer, das Meer der Dichter suchte ich umsonst. Dann, als ich des Morgens auf dem Schiff erwachte, was mich nach Triest trug, und mit dem grau dämmernden Tage auf das Verdeck kletterte, und nichts erblickte als Himmel und Wasser, da fiel der Göttergedanke des Meeres wie eine neue Welt auf mein Herz, da sah ich mich Aug in Auge mit der ewigen Gottheit, ein Menschenflocken mit ohnmächtigen Gliedern und einem allmächtigen Geiste, einem Geiste, der sterben kann still und fest – das war Meer. Auch die roth aufgehende Sonne wohnte nur im Meere, und sah nichts als Meer. Alles war Meer – der Vogel, den man sieht, braucht keinen Zweig, um darauf auszuruhn, er schläft auf der Woge; dann ist es eine selbstständige, ungeheure Welt, die mit ihrer ganzen Masse uns befängt, weil wir allein nicht hinein gehören.

Wenn ich links und rechts Land sehe, wie hier auf einer Düne bei Swinemünde, wer bürgt mir denn dafür, daß da hinten der Wasserhorizont meeresweit hinausreiche? Kann nicht gleich dahinter Land sein? Muß ich denn der Landkarte aus dem geographischen Institute zu Weimar glauben? In Weimar kann man sich ja auch mal irren. Meer ist nur das Zweifellose; was ich vor mir sah, war nicht die See, sondern nur die Ostsee. Aber auch eine bloße See, eine mediatisirte, die keine Souverainität besitzt, hat ihre großen Reize: ich habe doch stundenlang an ihr gesessen und ihrem einförmigen Treiben zugesehn, und gefühlt, wie sehr man sie lieben kann. Aus dem Philisterthume, den kleinen Verhältnissen und Bewegungen, aus der trivialen Duodezwelt ist man gerettet, die uns mit Nasenstübern tödtet, dem ächten, ursprünglichen Pulsschlage der Schöpfung ist man näher – da, mit den Meereswogen kommt nichts Verbrauchtes, Destillirtes, nur Elementarisches bewegt sich, was direkt aus Gottes Schooß entsprungen ist; der Meeresstrand ist das schönste und größte Kämmerlein, wo nichts Gemeines stört. –

Unter die Badehütten, welche vor mir lagen, hatte sich aber zu abscheulicher Ironie ein kleiner hoffnungsvoller Pommerknabe geflüchtet, um den Gesundheitsgöttern sein Frühopfer zu bringen, der Bademeister, welcher so etwas wittern mochte, umkreiste die Anstalt und überraschte den offenen Pommeraner in Flagranti – es sollte mir heute auch keine Gedankentäuschung gestattet sein.

Die vor mir liegenden Hütten sind nur das, was man ein Seebad nennt: auf hölzernen Stegen findet sich ein Quantum Kammern zum Auskleiden, und offene Stege führen etwas weiter in's Meer hinein; in weiße Tempelherrnmäntel gehüllt wandeln die Entkleideten da umher, bis ihnen der Moment kommt, hineinzuspringen. Kränkere, oder die sich sonst mehr separiren wollen, finden zwei große Badekutschen, das heißt mit Leinwand überzogene, auf 4 Rädern stehende Kasten; diese sind schon so weit hineingeschoben in See, daß man von ihnen aus gleich in eine genügende Tiefe des Wassers steigen kann. Wer bei mangelndem Wellenschlage das Wasser stürmischer auf den Leib oder auf bestimmte Theile des Leibes haben will, den versehen Badediener mit genügenden Kübelstreichen, das heißt sie versetzen ihm aus ledernen Kübeln, die etwa wie Feuereimer aussehn, so geschickte Wasserstreiche, als man nur verlangen kann. In der See selbst ist Hauptsache, die heranbrausenden Wellen da aufzufangen, wo sie sich am stärksten brechen. – Das ist alle Verrichtung und Wissenschaft eines Seebades.

4. Die Saison

Sie war vorüber in Swinemünde, aber der Nachsommer war noch zu finden. Equipagen, Krankheits- und Gesundheitsklatsch, Geschichten, recht viel Geschichten, Partieen, Sonnenschein und Regen. Darin besteht Saison und Badeleben. Im Seebade ist aller Mittelpunkt der Wellenschlag: erst spricht man davon, ob welcher sein wird, dann ob welcher ist, zuletzt, ob welcher gewesen ist, und dann geht's wieder zum Futurum. Das hat sein Einfaches. Für die ersten Tage ist auch die Gesellschaft ohne Ertrag für den einzelnen Ankömmling, denn sie hat auch einen Haupttheil ihres Reizes in ihrer Geschichte, man muß erst Neigung oder Abneigung oder Gleichgültigkeit für Diesen oder Jene in sich aufgefunden, man muß erst irgend einen Bezug haben, ehe man einen Reiz gewinnt. Also Partieen und Geschichten waren der mir angedeutete nächste Beruf – die ersten Seebäder wirkten aber Schönebergisch auf mein Gemüthe, ich war stumm, einsiedlerisch, braun-melancholisch. Was Partieen! Sand, Fichten, Fläche, Wasser, was für Partieen kann solche Komposition geben? Es passirte also in den ersten Tagen nichts als Schwermuth, Lectüre, Betrachtung über die Nachbarschaft, und der unerwartete Besuch einer Dame, welche mich für einen Doktor der Medizin hielt, und mir all ihre epileptischen Leiden bis in's Detail zur Kur vorlegte. Ihr Vortrag war von jener Art, wie Wieland zwei eiserne Drescher schildert, die am Eingang des Thores so schnell und dicht arbeiten, daß sich kein Sonnenstrahl zwischen ihre Schläge drängen kann[1] – meine Bemerkung, ich sei ein unglücklicher Philosoph, welchem die Enthüllung solcher vierzigjährigen Mysterien ebenfalls nur Unglück brächte, war auf keine Weise einzuschieben, und ich mußte mich schweigend in das epileptische Schicksal ergeben. Als die Dame so weit erschöpft war, für meinen Rath eine Pause zu gestatten, sagte ich ihr, sie solle heurathen.

Darauf lächelte sie, und ließ sich dahin vernehmen: Bisweilen habe sie auch wohl daran gedacht, aber sie sei es bis jetzt allein gewesen, welche diesen Gedanken empfunden habe. –

---

[1] [C. M. Wieland: Oberon, 3. Gesang, 15. Strophe]

Mit aller Anerkennung dieses letzten Ausdrucks wünschte ich ihr Besserung und empfahl mich und meine Ruhe. In meiner Nachbarschaft war auch nicht viel Freude: es gab da ein ganz artig schwarzäugiges Mädchen, aber sie war blos da, wie die Mutter sagte, um auf andere Gedanken zu kommen. Das ist immer übel, wenn es darauf abgesehen ist, denn die Gedanken eines Mädchens sind zärtliche Empfindungen, und daran ändern zu müssen ist ein Uebelstand. Das Mädchen liebte nämlich einen Künstler, und die Mutter sagte, ihre Tochter habe sich in einen Komödianten vergafft, und es gäbe kein größeres Kreuz. Gegen diesen Komödianten sollte nun Swinemünde auch helfen; bekanntlich hilft das Seebad gegen Alles. Ich hatte das Unglück, diesen dramatischen Künstler auch zu kennen, und diese Bekanntschaft mußte ich mit dem etwaigen Interesse bezahlen, welches mir das schwarzäugige Mädchen hätte gewähren können. Für mich war Alles unliebenswürdig an diesem Liebhaber – es ist solch ein alter trivialer Kram, aber er ist noch immer von unermeßlicher Wichtigkeit, daß der öffentlich auftretende Mensch einen außerordentlichen Reiz ausübt auf die Mädchen. Sie hüllen ihn verschwenderisch in alle schön gefärbten Luftschichten der inneren Romantik, welche ihrer Ahnung und ihrer Wunscheskraft zu Gebote steht.

Wenn ich so fort laborirte, kam ich aber auch nicht einmal zu Badegeschichten; ich schloß mich also an einen rüstigen Badegast, machte Partieen und ließ mir erzählen.

Es war ein Buchhändler, der schon ein bewegtes, erfahrungsreiches Leben durchgemacht, zur Napoleonischen Zeit mit Noth und Gefahr der Konskription sich entwunden hatte, und auf dieser Flucht nach Oesterreich und bis tief nach Ungarn hinein gerathen war. Diese Schöpfung eines eignen Lebens übt stets ihren Eindruck, weil wir die ursprüngliche, selbsteigne Kraft des Menschen, die eigentliche Produktion wirksam leben: Der Vater, ein leidenschaftlicher Franzosenfeind, hatte den Knaben bis an's Thor geleitet, ihm vier Thaler gegeben, den Weg aus dem Königreiche Westphalen gewiesen, und ihn dann mit seinem Segen entlassen. Gott allein, dem weiten Himmel heimgegeben, war der Knabe hineingezogen in's Blaue, Aehrenfelder und Gräben hatten ihn vor den Franzosen verbergen müssen, und so war er glücklich bis Leipzig gekommen; eine Dresdner Krämerin, beschäftigt, Kaffee zu paschen, hatte ihm bis Dresden einen Sack zu tragen und dafür ein Paar Mahlzeiten gegeben, in Dresden war beim österreichischen Gesandten weitere Hilfe nachgesucht und gefunden worden. –

Jetzt wanderte er mit mir durch den tiefen Sand nach einem Walde, hinter welchem Corsuand, eine gepriesene Swinemünder Partie liegen sollte – dieser erste Besuch ist mir auch der liebste geblieben: ein prächtiger voller Wald führt eine Stunde weit zu einem schweigenden, an schwarzen Seen gelegenen Dorfe, wo ein trefflich Unterkommen zu finden ist. Der Wald ist nur außen mit trocknen, inproduktiven Kiefern umkränzt, wie man ein reich Geschmeide in unscheinbares Futteral verbirgt, innen locken dunkel und erquickend die tief gefärbte Laubbäume, es klingt der ruhende Wald, es herrscht die schattige, flüsternde Lebensstille, die so kräftig zum Einkehren in sich selbst ladet, zum Verkehr mit dem Weltgeiste, zum Gedächtniß an ferne Liebe, an unbefangenes Kindesgefühl, zum Glauben an's Gute, zum Glauben an Ruhe und Glück, zum Glauben an Ehe, zum Glauben an Geister. Wald, prächtiger, klingender Wald, du bis ein Element von ewig thätiger, ewig schöner Kraft; du bis des Nordens schönster Reiz, der Schooß unsrer Gemüthswelt, die einen poetischen Ausdruck sucht – unsere und Englands grüne Wälder mag uns der sonst reicher beglückte Südländer beneiden. Und wir haben's erkannt, was wir daran besitzen, wir haben das Wort dafür erfunden, ruft »Wald« hinein unter die Bäume, alle die schönen natürlichen Reime darauf rufen Euch hell zurück, daß Ihr das rechte Wort, den klaren Namen gefunden habt, auf welchen das Kind der Natur hört –

> Rufet hinein in den dunklen Wald,
> Horcht, wie klar es zurück schallt,
> Gleich Gottes ew'ger Stimme hallt:
> Ich bin der Wald, der ew'ge Wald,
> Bin immer alt, erfrischend kalt,
> Bin immer jung.
> Sucht Dämmerung,
> Sucht Ahnung und Erinnerung,
> Und Harzes Duft, der kräftig wallt,
>
> Des Echos Luft, die widerprallt
> Der Hoffnung süßes, schönes »Bald!«

Des Lebens innerste Allgewalt
Im Wald, bei mir, im ew'gen Wald!

Nur ein bornirter Literarhistoriker wird es übersehen, wie reizend
und trefflich die romantische Schule dieses schöne Stück Welt uns
aufgeschlossen, den Wald mit seinen Stimmen und Geistern, seinem
stillen rastlosen Leben und Weben; wenn ich ein Buch von Eichen-
dorff in die Hand nehme, da dringt mir frisch dieser Waldgeruch
entgegen, das Wild ruft, an seine fröhliche, gesunde Existenz mah-
nend, die Vögel singen, die Blätter flüstern alle die ahnungs-
schwangeren Lieder, welche die süße Sehnsucht unsers Herzens
wecken. Mag gesagt werden, daß diese Poeten darin des Guten zu
viel gethan, daß sie sich in der dämmernden Naturwelt ver-
schlummert haben, geht's uns nicht mit allen Dingen so, haben sie
nicht alle ihre Spitze in dieser Endlichkeit, kann die Liebe nicht
Liebelei, der Reiz nicht Ueberreiztheit werden? Wenn wir in den
Wald treten, in den ächten, tiefen, dunkelgrünen, geheimnißreichen,
dann laßt sie unbefangen heraus aus Eurem Gedächtnisse, alle die
Lieder die alten –

> – »Da rauschten Bäume, sprangen
> Vom Fels die Bäche drein,
> Und tausend Stimmen klangen
> Verwirrend aus und ein.«

> »Kennst du noch die irren Lieder,
> Aus der alten schönen Zeit?
> Sie erwachen alle wieder
> Nachts in Waldeseinsamkeit,
> Wenn die Bäume träumend lauschen,
> Und der Flieder duftet schwül,
> Und im Fluß die Nixen rauschen –
> Komm herab, hier ist's so kühl.«

> – »Nächtlich macht der Herr die Rund',
> Sucht die Seinen unverdrossen,
> Aber überall verschlossen

Trifft er Thür und Herzensgrund,
Und er wendet sich voll Trauer:
Niemand ist, der mit mir wacht –
Nur der Wald vernimmt's mit Schauer,
Rauschet fromm die ganze Nacht.« –

Hat doch die Nachtigall auch nur ein Lied, was sie immer wieder
singt – Ihr sollt sie ja nicht Tag und Stunde hören, der Himmel, der
das Alles wohl am Besten weiß, hat's auch nicht so eingerichtet, sie
schweigt gar lange, aber wenn sie singt, ist's Euch auch ein Zeichen,
daß linde Lüfte und grüner Drang gekommen sind. Singt mir im
Walde die Dichter, und kritisirt sie nicht.

Seid Ihr nie mit Eurer Liebe durch den Wald gegangen? O, wie
werdet Ihr Euch daheim fühlen, in der Welt ohne Arg und ohne
Feinde, in dem Rauschen von tausend Freudesahnungen, für wel-
che wir Armen noch keinen Ausdruck gefunden haben; und wenn
Ihr küßt und Euch dann umschaut, so nicken alle Zweige, und der
Liebe Odem und Gottes Odem sind Eins und spielen wie ein wei-
cher Aethertraum um Eure Sinne, und wenn es regnet, wie wird
Euch heimlich unter den Buchen! –

Der Buchhändler sagte: Aber warum schreiben Sie nicht über
meine Verlagswerke so, wie Sie diesen Wald bei Swinemünde betrachten und durchspringen?

Ach, wirklich, wir sind in der Nähe von Swinemünde, das hatte
ich ganz vergessen – wer vermuthet hier, weithin von Waldrändern
umsäumt, eine verschwiegene Landschaft mit dunklen Seen! Schau-
en Sie, da hinten fliegt ein Reh durch die Buchen, und dort, wirklich, als hätten wir uns die Romantik bestellt, dort hinten im Einbug
des See's geht ein Fischreiher seinem Fange nach, der Gänsehirt am
Waldeshange schläft mitten unter seinen Pflegbefohlnen.

Da uns der Weg nach Corsoand so gut gerathen schien, machten
wir uns anderen Tages zu einer neuen Partie auf, nach dem Golm.
Das ist ein Berg, von welchem die Aussicht rings auf die Gewässer
zu finden sein sollte. Der Weg führt durch einen sandigen Kiefer-
forst, und läßt wenig erwarten – da zeigt sich rechts, hinter einer
Moorwiese, ein grün bebuschter Hügel. Dorthin fochten wir uns
durch sumpfige, extemporirte Pfade, und eine Laubholzung berg-

auf passirend, die frisch und kräftig war, erreichten wir halb die mäßige Höhe. Ein feiner Staubregen perlte auf die Blätter, ein Wagen, für den die Straße bis hierauf gangbar ist, stand unter den Bäumen, eine Dame saß unter einer großen Bude, welche für die Besucher errichtet sein mochte, die aus einer nahe liegenden kleineren mit Kaffee und Imbiß versorgt werden konnte. Auf dem Gipfel des Berges, denn das eben Beschriebene fand sich auf der letzten Lehne desselben – steht eine kleine gemauerte Warte, oder ein Tempelchen, wie man es nennen will, eine Mauer nach der Rückseite des Berges, ein Paar schmale Seitenwändchen, ein Paar Säulen, wenn ich mich recht erinnere. Dort war die Aussicht und ein interessant aussehender Herr zu finden, wahrscheinlich die Ergänzung der unten sitzenden Dame; denn unsre Damen haben sich so sehr alle Selbstständigkeit entwinden lassen, daß man sie immer nur halb zu sehen glaubt, wenn sie uns in freier Natur allein begegnen. Die Aussicht ist ganz besonders: rechts hinter Bäumen, welche diesen Augenblick verregnet waren, das Haff mit breitem, nebelbedeckten Wasserspiegel, links wiederum Wald, und dahinter der Swinespiegel und die gelben und weißen Häuser Swinemündes, dann ein neuer Waldstreifen, und über diesen hinaus als Horizont das Meer, rückwärts nach allen Seiten Bergwald.

Vom Lande zu fegten Regenwolken, nach Swinemünde und dem Meere zu war es licht, als ob da Hoffnung und Rettung von den Kümmernissen und Beschwernissen des Landes zu finden sei, bei Madame Hannemann in der Lootsenstraße, welche der Herr Major als eine sehr preiswürdige Conditorin zu empfehlen pflegte. –

Die können auch wirklich Rettung und Hoffnung brauchen, flüsterte mein Begleiter, und wies auf den Herrn und rückwärts auf die einsame Dame. Der Herr sah wirklich auch besonders aus: groß, blaß, phantastisch bärtig, fliegendes Halstuch, schmerzhaft gekniffene Lippen; sah starr über das Haff hinein, und mochte vielleicht mit mir den Gedanken haben, wie viel Weh dort hinter dem weiten Wasserspiegel wohnen und sprützende Regenwolken senden möge. Rasch ging er an uns vorüber und rückwärts in den Wald, die Dame blieb einsam unter der Bude, hatte sich tief in ihr Umschlagtuch gehüllt, und den Kopf auf die Brust gedrückt.

Dies war die Situation, als ich folgende Geschichte erfuhr – damit der Leser nicht für unsre Gesundheit fürchte, sei noch bemerkt, daß ich und mein Begleiter in dem halbwüchsigen Tempelchen saßen und nur von vorne naß wurden.

Drinnen im Lande, in einer fruchtbaren Marschgegend liegt ein wohlhäbig Dörfchen mit weißer Kirche und sicher und reichlich gebautem Pfarrhause. Die Pfarre ist gut und bringt mehr als das Nöthige, der Pfarrer ist von jener gutmüthigen patriarchalischen Beschränktheit, welche alles Genüge in einer dreißig Jahre unveränderten Thätigkeit findet. Er predigt, wie es ihn auf der Universität gelehrt ist, er hat für jeden vorkommenden Fall seinen guten Spruch, er hält die Menschen bis auf ein Bischen Erbsünde alle für sehr gut und brav; was die Weltleute die Welt nennen, daß kennt er nicht, und er sagt von ihnen: sie werden wohl auch mit einander und mit dem lieben Herrgott fertig werden.

So beschaffen sitzt er am Sommerabende vor seiner Hausthür unter dem Kirschbaume und raucht Tabak aus einer dicken Pfeife; seine älteste Tochter sitzt neben ihm und näht, die jüngste springt singend ab und zu. »Man kann doch wirklich drüber nachdenken« sagt er zur neben ihm sitzenden Tochter Elisabeth, wie er das alle Jahr ein Paar Mal zu sagen pflegt, »ich sage, und wiederhole es, man kann darüber nachdenken, und zwar ernstlich und bedächtig, woher Hannchen das viele Temperament hat. Eure selige Mutter war eine stille Frau, und ich habe auch nie Veranlassung in mir wahrgenommen, so beweglich, zum Singen und Springen aufgelegt zu sein, wie unser fröhliches Mädchen da.« –

Damit wollte er keinen Tadel ausdrücken, er hatte gar nichts dawider, und Elisabeth liebte Hannchen auch sehr, der Herr Pastor gab nur eine seiner oft wiederkehrenden Notizen, welche diesmal durch das Hervorspringen und unausgesetzte Bellen des Hausspitzes unterbrochen wurde. Ein junger Wandersmann zog des Weges daher, und dadurch wurde Spitz beunruhigt, seine Unruhe zog auch Hannchen an die Thür, und so sah der Wanderer, ein junger Maler, eine Gruppe unter dem Kirschbaume, welche ihn festhielt. Er blieb stehn, Spitz vom Herrn Pastor gerufen, knurrte nur noch, und ging vielfach umblickend bei Seite. Die Gruppe interessirte den Maler: es war ein Kirschbaum, ein alter Herr mit schwarzem Rocke und weißen Haaren, die älteste Tochter mit blaßem Antlitze, schwarzen Locken und dunklem Kleide und das siebzehnjährige Hannchen, weiß gekleidet, mit fliegenden nußbraunen Haaren, frisch und fröhlich aus glänzend braunen Augen lachend. Diese letztere interessirte auch den jungen Mann, der nicht bloß ein Maler war.

Nach einigen Tagen ist er ganz heimisch, er malt ein Altarblatt für die Kirche, und er und Hannchen lieben sich, sie sitzen heut allein unter dem Kirschbaume, und sie erzählt ihrem Guido, was sie getrieben habe die siebzehn Jahre hindurch. Der Vater hat nichts gegen die Liebe einzuwenden, was sollt' er auch? Guido ist ein schmuckes junger Mann, bemittelten Standes, malt schon sehr schön, und wird nach zwei Jahren in Italien seine Kunst studiren, dann Hannchen heurathen und in der Residenz sich niederlassen. Schwester Elisabeth, ein wenig an der Brust leidend, ist ein sehr gutes Geschöpf, und freut sich über Hannchens Glück. Der junge Maler malt und liebt, der Winter vergeht, der Frühling kommt, das junge Liebespaar streicht durch Felder und Wälder, und freut sich der schönen Welt; als der Abschiedstag da ist, wird heftig geweint und tüchtig gehofft und versprochen.

Es kommt der Sommer, und Hannchen wird traurig, sie fühlt sich krank, und der Vater schickt seine beiden Kinder nach der Residenz, um einen alten Universitätsfreund, der ein berühmter Arzt geworden ist, zu fragen, was ihr fehle, denn sie wußte selbst nicht, was es sei. Auch Elisabeth hustet mehr, der Herr Doctor soll beiden helfen. Das ist ein liebenswürdiger, freundlicher Mann, welcher sich der Sache nach Kräften annimmt: Elisabeth schickt er gleich wieder zum Vater zurück, mit der Weisung, Molken zu trinken, Hannchen soll bei ihm bleiben, bis sie genesen sei, des Arztes Frau, eine sehr verständige Dame, welche aus Neigung mit keinerlei Gesellschaft verkehrt, nimmt sich mit mütterlicher Theilnahme des Mädchens an.

Im nächsten Frühjahr ist Hannchen wieder gesund und munter, ihr Aussehen ist wunderbar gereift, und der Vater ist sehr erfreut, sie wiederzusehn. Zum Winter aber will sie der alte ärztliche Freund so gern wieder bei sich haben, sie fehlt ihm, das heitre, gelehrige Mädchen, und besonders seiner Frau, von der sie so Vielerlei lernt.

So vergeht der nächste und noch ein Winter, Hannchen ist halb in der Stadt, halb auf dem Lande, sie ist eine reizende, von aller Welt gesuchte, sehr unterrichtete, liebenswürdige Dame geworden, der alte, einfache Papa weiß sich manchmal gar nicht in das kluge Kind zu finden, und sagt nur immer: Was wird sich der Guido freun! Und schreibt er auch fleißig? Das Altarblatt ist noch immer so schön wie damals –

Er schrieb nun eben nicht fleißig, und wenn er es that, so war immer viel von andern Frauen die Rede, bei welchen er Glück machte, die ihn auszeichneten. Anfangs schmerzte das Hannchen, später verdroß es sie, und es ereignete sich nun gar Folgendes: Ein junger Arzt, der bei ihrem Pflegevater aus und einging, bewies ihr jene innere Freundlichkeit, welche der Vorbote stärkster Gefühle ist, und selten verfehlt, auch das Herz zu bewegen, welches den Eindruck geschaffen hat – kurz, die beiden Leute waren bald ein Herz und eine Seele und liebten sich sehr. Der junge Arzt war reich, und hielt um Hannchen an; sie erschrack zum Tode; jetzt erst fiel ihr Guido ein – nicht daß sie Gedächtniß oder Gefühl für diesen gestört und gehindert hätte, nein; aber sie weinte bitterlich, und erklärte, Gustav, den jungen Arzt nicht heurathen zu können. Dabei fiel sie ihm um den Hals, und wiederholte unter Schluchzen die innigsten Liebesversicherungen.

Das ging so eine Zeitlang hin, bis Gustav es nicht mehr trug, und auf das Entschiedenste drängte. Hannchen fuhr hinaus zum Papa, und ließ ihrem Liebsten ein Billet zurück:

»Sprich mit dem Onkel und der Tante, und frag' sie über mich – wenn sie Dir Alles gesagt haben, und Du willst mich noch heurathen, dann hole mich nach der Stadt –«

Der alte Freund des Vaters und seine Frau hatten allmählig die Namen Onkel und Tante von ihr erhalten. Gustav eilte zu ihnen, Hannchen saß beim Papa im Zimmer, und weinte; ach, was hatte sie Alles zu weinen! Schwester Elisabeth, die gute, war gestorben, Guido hatte plötzlich seit langer Zeit wieder einmal geschrieben, und mit den Worten seine nahe Ankunft gemeldet, daß er sein Versprechen zu halten komme; es war der zweite Tag schon, den sie aus der Hauptstadt war; wenn Gustav sie holen wollte, so konnte er schon sechs Stunden lang da sein, sie sah unverwandt auf die Landstraße. –

So vergingen sechs Tage, da kam ein Reiter, der hieß aber Guido. Guido hatte gerade so viel Erziehung, daß er's für seine Schuldigkeit hielt, Hannchen zu heurathen, obwohl er diese Jugendliebe lang vergessen hatte – nach einiger Zeit geschah denn auch die Hochzeit, und Hannchen holte das kleine blonde Mädchen nun herbei, was sie damals im Winter bei der Tante geboren hatte, dessen Vater Guido war, und welches all das Unheil verschuldet hatte, was nun hereinbrach. Denn Guido und Hannchen liebten sich schon lange nicht mehr; die Dame unten in der Bude war Hannchen. –

5. Nach Rügen

Ein gefälliger Hausgenosse weckte mich mit der Nachricht, es liege ein kleiner Schooner zur Abfahrt nach Rügen bereit, in zehn Minuten gehe er in See. Ich entschloß mich schnell, flog in die Kleider, steckte ein Paar Bücher in die Manteltasche, wie arme Leute ein Stück Brot überall mitnehmen, und sprang an's Bollwerk. Das Dampfschiff ging nicht mehr, eine Privatfahrt auf kleinem raschem Schooner war das einzige Mittel, die gepriesene Insel, Deutschlands Thule , zu sehn, und es wäre mir doch eine Schande für die Abendzeitung gewesen, hätte ich mich an der Ostküste herumgetrieben, und die officielle Insel der Reisenden nicht besucht. Luisa, die dienstbare, stürzte mit zween Buttersemmeln hinter mir drein, denn ich hatte das Frühstück im Stich gelassen, aber wie Ariadne streckte sie erfolglos die Arme nach dem Wasser, wir lavirten bereits aus dem Hafen; wenn Theseus auch gewollt hätte, und er verlangte wirklich nach den Buttersemmeln, das Geschick und Schiffer Ulrich wollten nicht.

Das kleine Fahrzeug war ganz vollgepfropft von Reisenden, kaum fand ich einen bescheidnen Platz, und dachte, zurückgezogen mich in den Mantel hüllen und den Elementen wie dem kleinen Menschenhäuflein ungestört zuschaun zu können. Aber Schriftsteller sind wie Gebrandmarkte oder Lorbeerbekränzte – in diesen Extremen bewegt sich ja auch zumeist ihre Existenz: sie sind nirgends unbekannt. Aus diesem fremden chaotischen Knäul wickelte sich schnell ein muntrer Sachse, dem ich schon einmal begegnet war, und der mich begrüßte. Die Gesellschaft, meist aus Studenten und jungen Gelehrten bestehend, diesen privilegirten Reisenden unsers Vaterlandes, war sehr munter, wenn es auch nur eine angewöhnte Munterkeit war – namentlich die Studenten lärmen vielfach in einer Tradition unächter Lustigkeit – und erklärte, das junge Deutschland sei nur auf dem Lande verboten, und auf der See könnte man's leben lassen. Oeffentliche Personen erkaufen den etwaigen Ruhm, oder die Renommée, wie man das Wort schattirt hat, immer mit verletztem Schamgefühl, die Welt rächt alles Heraustreten auf irgend eine Weise. Das leichtblutige Mädchen bezahlt seine Lust mit Flüstern und Fingerzeigen, was ihr begegnet; die Cavallière fiel darüber in's Kloster und in den Tod, und seit einigen

Jahrzehnden behandelt man die kouranten Schriftsteller eben auch wie Maitressen des Publikums. Aber auch das wirkliche, heraustretende Glück findet seinen Neid, findet sein Lob – Lob ist ja auch eine Verletzung, wenn auch mit Blumen.

Indessen früh auf dem Meere gibt's erquickendere Gedanken – die Sonne stieg glänzend über das Wasser empor, frisch und voll blies der Südost in die getheerten kleinen Segel, die pommersche Küste sah grüßend mit dunklem Walde nach uns her, die weißen Häuser von Häringsdorf, was eine Stunde nordwestlich von Swinemünde auf einer Strandhöhe liegt, glänzten und lachten. Dieses kleine Seebadetablissement nimmt die Ruhesuchenden freundlich auf, hier stört kein Gesellschaftshaus, keine eigentliche Saison, das Meer ist im Gegensatze zu Swinemünde dicht dabei, Poeten, die keine bewegte Welt brauchen, die eine halbe Einsamkeit suchen, das Langweiligste für Andere, die Genrebilder wünschen und Sonnenaufgänge nach der Melodie:

>>Flammenhufig erhebt sich das Gespann
Der Sonnengott kommt tönend an<<

Solche Poeten, resignirt habende Mädchen, welche deklamiren: >>Nur die Natur ist ewig gerecht<<, Professoren – Frauen mit vieler Familie, die einer Seewäsche bedarf, Diätetiker mit starken Grundsätzen und andre ehrliche Leute, alle die mit einem Worte, welche nicht in Swinemünde oder sonst wo haben wollen, wohnen in Häringsdorf. Man lasse sich nicht verleiten, den Namen von Wilibald Alexis herzuleiten, weil er im bürgerlichen Leben schlechthin Häring heißt und in Häringsdorf ein Haus besitzt ; dieser Name hat eine andre Geschichte: ein Fürst hat hier gefrühstückt, und man hat ihm als Landesprodukt Häringe vorgesetzt, dafür hat er dem Oertchen solchen Namen verliehen.

Uebrigens ist's einer von den Orten, an welchen sich seit Jahren ein und dieselbe Drohung knüpft, man sagt nämlich in jeder Saison: Häringsdorf wird Swinemünde vernichten. Dies soll ein Hauptgenuß in Häringsdorf sein.

Immer weiter linksab blieb uns die Küste, keck und kühn ging's mitten in See hinein, und die waldigen Uferberge von Usedom wurden ferner und blauer.

Wenn ich in eine unbekannte Gesellschaft trete, so stellt sich mir oft das Bild der blos idealistischen Poesie entgegen, die in ihrer Phrasenunbestimmtheit gar keinen Eindruck gewährt; solch eine Gesellschaft ist ein Chaos, aus welchem sich erst nach und nach die Einzelnheiten absondern, und durch ihre Einzelnheit werden die Gestalten erst Gestalten. Einer spricht viel, der Andre wenig, Einer hat eine große Nase, der Andre rümpft eine kleine, jener zeigt seine Wäsche, Dieser gar keine. Jener sagt Deutschland und seine Bewohner, Dieser »Teutschlands Söhne.« Auch auf dem Schooner sonderten sich mir die Figuren erst, als wir schon auf hohem Meere waren. Zunächst unterschied sich ein Privatdocent als sehr ruhmredig, und das Thörichte wagend, um einen Theil seiner Versprechungen wahr zu machen: er wollte auf allen Meeren gewesen und auf den Schiffen ganz zu Hause sein. Dies zu beweisen kroch er am Hauptmast in die Höhe, die Strickchen benutzend, welche das Segel daran befestigen, und halb saß er denn auch zu Ulrichs kopfschüttelndem Mißbehagen über dem Segel in einer sehr unbequemen Stellung, die er uns als sehr genußreich anpries. Dergleichen erwartet man von einem Schiffsjungen und dem sehen wir ruhig zu, aber ein Privatdocent mit langem schwarzen Rocke nimmt sich ganz schlecht dabei aus, weil es immer eine Gefahr für ihn bleibt, und der Gedanke daran die Zuschauer stört. Wer unnütze Gefahr aufsucht, blos um die Augen auf sich zu ziehen, ohne daß man ihm ein freches, wirklich innerliches Behagen am Gefahrvollen ansieht, der erreicht auch nicht einmal den nächsten Zweck der Prahlerei.

Weil die Spannung zu lang dauerte, vergaß man am Ende den Privatdocenten und sah nicht mehr hinauf; dies bewog ihn, seinen genußreichen Sitz aufzugeben, und am Spiegel des Schiffes mit Ueberbaumeln sein Heil zu verfluchen, welcher Versuch auch nicht die genügende Würdigung fand. Plötzlich wurde der Polytropos von der Seekrankheit überfallen, und verschwand vom Schauplatze, das heißt, er legte sich den Umständen angemessen nieder.

Neben mir arbeitete ein kleiner renommistischer Fuchs aus Halle, welcher wie gewöhnlich seine große Unkultur und große Muthlosigkeit hinter großen Worten zu verbergen suchte. Wollen diese Flegeljahre deutscher Bildung, die Studentenjahre, in späterer Zeit überhaupt nicht mehr gefallen, weil sie sich abgerissen von aller Gesammtheit als eine forcirte Idealistik hinstellen, wo für den Erfahrenern die Illusion abgeht, so macht ein Fuchs unsrer Tage, der bei einigem Verstande gar nicht mehr an die Tradition seiner Freuden glauben kann, den Eindruck einer kompleten Karrikatur. Er erinnert an die jungen Schauspieler oder Schauspielliebhaber, welche pathetisches Deklamiren ungenossener Stellen für poetischen Reiz ausgeben. Dieser Fuchs, dem, wie der Student sich ausdrückt, der Rand nicht stille stand, schwatzte und spektakelte so ununterbrochen, daß ich ihm von Herzen die Seekrankheit an den Hals wünschte. Man hatte ihm gesagt, sie sei dadurch zu vermeiden, daß man fleißig esse und ununterbrochen die Bewegung des Schiffes mitmache: er verzehrte also ein Weißbrod nach dem anderen, und rutschte wie ein Perpendikel an der Banklehne hin und her – je größer die Verhöhnung von seinen Reisegefährten war, desto mehr hielt er seine Tüchtigkeit und Consequenz für gefährdet, desto lebhafter rutschte er, der Schweiß stand ihm auf der Stirn, er schrie aber doch nach Kräften mit, da seine Genossen allerlei Lieder durcheinander sangen – endlich blieb er auf dem Schlachtfelde. Aber er konnte nicht sterben, und noch im tiefsten Jammer schrie er wieder auf: Mein Lebenslauf ist Lieb und Lust –

Die unermüdlichsten Sänger waren übrigens ein Paar Studenten aus Siebenbürgen – zu Hause, meinten sie, ist nicht vom Singen die Rede, besonders solche Freiheitslieder sind nicht statuiret, da müssen wir uns die Zeit in Deutschland zu nutze machen. Einer von ihnen war ganz bartverwachsen und sah lebensgefährlich aus. Also auf der Ostsee, dachte ich, mußt Du solch einen ganzen Demagogen wiederfinden, der für einen schwülstigen Vers von Follenius Mond und Sonne mit Pulver auseinander sprengt; aber ich hatte mich arg getäuscht: erstens war er ein Theologe, der in Ermangelung einer Dogmatik sich an's Moralprinzip hielt und die Liebe zu einem Mädchen für höchst frevelhaft ansah; zweitens hatte er nicht die allerbürgerlichste Courage, fürchtete sich auf der Ostsee vor'm Gubernium in Siebenbürgen, vor dem Wasser, vor dem Winde und vor allen Elementen, die man etwa noch erfinden möchte; aber er trug einen eisernen Ring, einen eisernen Stock und kein Halstuch, und sang in allen Pausen:

> Steig aus der Nacht,
> O Hermannsschlacht!

Sein schlankerer, jüngerer Landsmann war etwas frischer, und offenbar ein muthigeres Naturell, aber auch wie die tugendhaften Französinnen auf der einen Seite, und wie die leichtsinnigen auf der andern: jusqu'à un certain point, eine Redensart bekanntlich, ohne welche es in Frankreich keine Unterhaltung, keine Tugend, keine Liebenswürdigkeit, kein Gesetz, keinen Geist, und in Siebenbürgen keine Courage giebt. Wie verkümmertes Haidekraut blühte mir auf Ulrichs Schooner und im weiteren Verlauf der Reise siebenbürgische Nationalität entgegen. Zwischen Armuth, öde, barbarische Nachbarschaft, straffes Regiment von außen und eigne Schwäche eingewürgt, machte mir das Bild dieses Ländchen den traurigsten Eindruck.

Eine Nationalität, die aus den fremdartigsten Elementen zusammengewürfelt ist, und ihre Ehrenstandarte so mit verliert, um welche sich Stolz und Muth stets wieder zusammenfindet, wird immer einschrumpfen in kleine, niedrige Bezügnisse, vor allen Dingen das kleine Bischen Leben und das nothdürftige tägliche Brod zu erhalten suchen. Von Ausgleichung der Nationalität kann immer erst die Rede sein, wenn die edlen und hohen Beziehungen, das stolze innere Lebenselement erst sicher gestellt sind. Unsre Landsleute, Tuchmacher und Krautpflanzer, welche in die siebenbürgischen Berge eingewandert sind, und dort als Sachsen und Schwaben ihre Plätzchen gefunden, haben sicher reichlich dazu beigetragen mit ihren Nothdurftsanforderungen, die Atmosphäre jenes Landes abzuschwächen.

Von ihnen stammte auch der Ostseebramarbas, und das Obige fand eine traurige Bestätigung darin, daß ein Paar Ungarn auf dem Schiffe waren, und zornig die Frage zurückwiesen, ob sie auch Siebenbürgner seien – Sind wir Ungarn, ächte Ungarn sagten sie, stolz sich aufrichtend im schwersten Seejammer. Der Bramarbas flüsterte uns zu, daß diese Ungarn, unter denen oft der Schweinehirt ein Edelmann sei, sich immer übermüthig appart hielten – dabei sah er sich aber ängstlich um, ob ihn der kranke Ungar etwa am Kragen packe.

Alles Mögliche bei Seite gesetzt, bewiesen die Ungarn offenbar einen vollen inneren Kern neben diesem holen, muthlosen Gesellen.

Es darf nicht in Verwunderung setzen, daß auf ein scheinbar so Alltägliches, wie der ordinaire Muth, solcher Werth gelegt sei – in dem Worte Muth liegt eine ganze Welt, eine Welt des Willens, der Fähigkeit und schöpferischen Kraft. Zugestanden, daß diese moralische Thätigkeit, welche mit dem Namen Muth benannt wird, oft nur der Instinkt eines starken Körpers, oft wirklich nur ein materielles Häuflein Sehnen und Muskeln sei; zugestanden, daß zwei Drittheile der Muthigen nur darum vorwärts gehen, weil sie durch die Nebenleute, die Redensarten, die Terminologie des Lebens so gewöhnt worden sind; zugestanden also, daß der Muth großen Theils eine Sache des Körpers und eine des Herkommens, der Sitte ist – läge darin ein Vorwurf? Ist unser Leib nicht ein Bedingendes für das Außerordentliche selbst, was ein Mensch leisten kann? und wo hört er auf, wo fängt er an, wo stehen die weißen Grenzfarben des reinen Geistes? Eine schlechte Leber, eine verstopfte Milz, welche Gedanken und Gefühlsrichtungen können sie in Bewegung setzen, wenn sie sich bei einem sonst gewaltigen Menschen und mit diesem an einem gewaltigen Ort vorfinden! Werdet Ihr deßhalb das Recht haben, eine welthistorische Epoche leber- oder milzkrank zu nennen, weil diese körperlichen Organe auf den Urheber der Epoche einen starken Einfluß geäußert? Alle Leute, die an der Leber leiden, zum Beispiel, sind leicht grillig, hypochondrisch, in diesem üblen Zustande gehen sie allen Dingen mehr an die Spitze, die Anfänge, auf diese Weise erfinden sie – ist das Verdienst des Erfinders geringer, weil er durch Leberkrankheit dazu gekommen ist? Eine frische Lunge und Leber unterstützen den Muth, das ist wahr, wer Beides schlecht hat, wird doppelten Aufwand nöthig haben, um eben so viel Muth zu gewinnen – thut dies der Absolutheit des Muthes etwas? Gewiß nicht – bei Beurtheilung der Personen mögen wir darauf Rücksicht nehmen, der Muth an sich bleibt uns ein außerordentliches Moment, und seine Zeitigung im Menschen bleibt etwas Nothwendiges und Verdienstliches. Was haben wir denn ursprünglich? Anlagen. Alles muß gelernt werden, und auch der Muth läßt sich lernen. In jedem Helden steckt ein Hundsfott; daß der nie zum Vorschein komme, ist eben Sache des Helden. –

Daß Herkommen und Sitte ein Theil des Muthes sind, ist gewiß wahr. Verschiedene Völkerschaften haben sehr verschiedene Aeußerungen des Muths, was diesen für Feigheit gilt, ist es Anderen nicht – ist der Muth darum ein Geringeres, weil er ein Uebereinkommen menschlicher Gemeinschaftlichkeit ist? ruht nicht in Sitten und Gebräuchen das Wesentlichste gemeinschaftlicher Seele?

Eine tiefe Bedeutung liegt darin, daß ihr bei den ordinairsten Menschen, welche nicht durch Nahrungssorgen entmannt sind, allen Bezug der Achtung und des Werthes auf den Muth koncentrirt findet, daß der Muth beim einfachsten Mädchen zuerst und am sichersten die Liebe zum Manne weckt.

Die Oesterreicher haben seit einiger Zeit die Erlaubniß, in Deutschland die Berliner Universität besuchen zu dürfen. Von dort bekommen sie denn auch wohl die Erlaubniß zu kleinen Reisen in Preußen; wenn nun diese zum Beispiele in die Nähe von Hamburg führen, so ist wohl auch bei einem Siebenbürgner das Verlangen natürlich, und nicht so ganz strafwürdig, Hamburg zu sehen, besonders wenn sich der Siebenbürgner so innig seiner Unbedeutendheit und des bloßen Verlangens bewußt ist, den Jungfernstieg betrachten zu wollen, und einmal Austern in der Nähe zu sehn. Der Bärtige hielt aber diesen Wunsch für unmoralisch und frevelhaft, weil er die österreichische Studienfreiheit kompromittiren könne.

Die Nothwendigkeit eines Passes hat nur dies Bedenken, daß guterzogene Menschen am Ende noch weniger und noch papierner werden können als ein Paß.

Mein Heimathsstolz ward durch das Schicksal eines andern Reisegenossen sehr verletzt; ich halte es aber doch für meine Schuldigkeit, nicht darüber hinwegzugehn: ein kleiner Breslauer nämlich, mit einem kleinen blauen Röckchen angethan, ward viel gehänselt, er trug unter dem kleinen Röckchen einen kleinen Ueberfluß auf dem Rücken, fror immerwährend, und rauchte trotz Seebeschwerden unermüdet aus einer kleinen Pfeife Tabak. Sein Accent war mit all den kleinen, behenden Breslau'schen Worten eingefleischt schlesisch, und weil er alle Maasstäbe von der Breslauer Oder und den Breslauer Bierbrauern hernahm, übrigens auch in stetem Frost und Tabakrauchen nicht den kleinsten Reisegenuß dokumentirte, so war er wirklich wie ein kleiner Ableger des Dr. Syntax, eine komische Figur; ein Reisender *quand même*, der unter allerlei Unbehaglichkeit doch reis'te, obwohl er nicht das geringste Vergnügen davon hatte, dem es anzusehen war, wie er von den Reizen seiner großen Reise erzählen und rühmen werde, sobald er erst wieder das warme Stübchen »auf der Hummorei« in Breslau erreicht hätte. Gott schütze die Reisenden, die um jeden Preis reisen, sie haben's nöthig.

Ich sehnte mich sehr nach dem offnen Meere, das heißt nach einem Meere, wo nichts zu sehen ist, als Himmel und Wasser. Unsre Illusion ist noch eigensinniger als ein Frauenzimmer: ein Frauenzimmer ist zufrieden, wenn sie keine Nebenbuhlerin der Liebenswürdigkeit sieht, die Illusion aber ist zerstört, sobald eine Grenze geahnt werden kann; ein schlechtes Auge, was nichts als Himmel und Wasser sieht, bringt doch keine Illusion, sobald der Schiffer sagt: Bei gutem Wetter sieht man in Südost diese Küste, in Nordwest jenes Eiland; und nach Rügen hin wird selbst ein mittelmäßig Gesicht die brutalsten Störungen nicht los. Rückwärts verläßt Einen der blaue Streif und die Spitze von Usedom nicht, heillose Spitze, wo ich später einen direkten Blick in den Acheron thun mußte, und rückwärts erhoben sich halb aus den Wogen zwei Eilande, Ruden und die Die, genannt die Greifswalder Die, zwischen welchen hindurch die Fahrt sich wendet. Hinter ihnen erblickt man bereits den blauen Punkt von Mönchgut, dem südlichen Theile Rügens.

Diese östliche Meersküste Usedoms, aus welcher wir herausgesteuert waren, hat den pommerschen Historikern viel zu schaffen gemacht mit den Geheimnissen der Unterwelt. Da sollen versunkene Städte schlafen von wunderbarer Pracht und Herrlichkeit, mit goldnen Thoren und silbernen Thürmen, die sollen in Handelsverkehr gewesen sein mit den Griechen, das heißt mit den ordentlichen Griechen, mit den Häusern Solon, Cimon und Comp., aus welcher Zeit der klassische Hauch noch stammen soll, der über Pommern, respektive Hinterpommern lagert. So tief liegt der Autoritätstrieb in uns, daß Länder, sonst so unbefangen und genügsam wie Pommern, in den Meeresgrund steigen, um Gewährniß zu holen für alte, historische Verbindung. Man wird mich im Verlauf dieser Reise schiffbrüchig, in großen Filzschuhen, den Mantel statt des gewünschten Schlafrocks umschlagend, auf einem sandigen Eilande liegen sehn, wo ich nichts zu genießen finde als etwas Rauchfleisch und eine von Fliegen beleidigte pommersche Monatsschrift. In dieser stehen alle Nachrichten, Sagen, Scholien und Glossen von den versunkenen Städten Vineta und Julia, welche Städte auch eine

Stadt gewesen sein können, da es an Taufzeugnissen aus jener heidnischen Zeit fehlt und Saxo Grammatikus nicht vereidigt und klar genug geschrieben hat. Kurz: an hellen, stillen Sonnentagen will man die Glocken von Vineta unter'm Meere läuten hören und die Thurm- und Kirchendächer durch das Wasser leuchten sehn; die größte Handelsstadt des Nordens von außerordentlichem Umfange und Reichthume sei dort von den Fluthen verschlungen worden, und wenn heutiges Tags ein Schiffer drüber fahre, der gottlos und schlechtdenkend sei, da passire ihm dort das größte Unglück.

Wenn ihm zum Exempel seine Liebste nicht mehr gefallen, und er sie verlassen habe, so finde er sie dort wieder – dies erzählte Ulrich, der Schiffer und sagte Brr! dabei, schüttelte den Kopf und nahm einen Schluck aus der Strohflasche.

Wie überall hin, haben denn auch hier in's Meer die Stationalisten ihre Laternen gesteckt und die unterirdische, wie sonst die überirdische Welt vernichten wollen mit der Bemerkung, die goldnen und silbernen Mauern, Thore und Thürme der klassischen Handelsstadt Vineta seien einfache Felsenriffe, die man bei gutem Sonnenscheine sehen könne. Als ob die wichtigsten Dinge mit einer Bemerkung zu erledigen wären – das Wort Bemerkung ist überhaupt schon ein naseweises Wort. Ferner: als ob an einer Küste, wo mit vortrefflichstem Auge gar kein Felsencharakter, sondern nur Sand, Düne, Sandbank zu entdecken ist, als ob an solcher Küste eigensinnig allein Felsen etablirt sein würden, lediglich, um den Leuten eine klassische Anknüpfung zu rauben! O, pfui! Wenn man artig wäre, gäben die Pommern sicherlich die alten Griechen drein, und begnügten sich mit einer überschwemmten Wendenstadt, Heide ist Heide, indessen, ich will kein historisches Recht vergeben, und fahre mit Ulrich weiter.

Artig braun und blau hob sich die Küste von Mönchgut immer deutlicher vor uns aus den Fluthen; unser Südost war stetig und frisch, und legte sich mit vollen Armen in die Segel; die bebuschte Insel Vilm, welche in der Bucht von Puttbus liegt, stieg ebenfalls aus der See, und bei einer kleinen Wendung nach Rechts sahen wir auf der Strandhöhe hinter dem Vilm die weißen Punkte, welche in der Nähe die weißen Häuser von Puttbus sind. Es liegt eine kleine halbe Stunde vom Strande, und hat mit den schneeweißen, in einzelnen

Partieen etwas kahl sich bietenden Häusern ein wunderlich Ansehn von frischer Wäsche, die auf's Plätten wartet.

Die Küste, zwischen welcher und dem Vilm zum Landungsplatze gesteuert wird, ist schön bewaldet, im Meere stehen bunt wie stille Pagoden die Badehütten, durch die Büsche winkt lockend ein stattlich weißes Badehaus.

Ich verhandelte mit Ulrich, daß er drei Tage und drei Nächte auf mich warten soll, unverführt von etwaigem günstigem Nordwest, der eintreten könne, und wendete mich zu Fuße mit dem muntern Sachsen, einem jungen rüstigen Pommer und den trübseligen Siebenbürgern rechts nach dem Badehause, um in der See zu baden. Die Ungarn und der Bruder Breslauer, dessen Pfeife noch brannte, ließen sich vom Privatdocenten gen Puttbus leiten. Er hatte wie Columbus und Wilhelm Tell einige unbequeme Begrüßungsversuche mit dem Rügenschen Erdboden vorgenommen, und sich den schwarzen Rock dabei beschmutzt, sonst schien ihm der ganze Meeresmuth wieder gekommen zu sein, wir hörten ihn noch weithin lärmen.

6. Auf Rügen

Es war in der ersten Hälfte des Monats September, auf dem Felde erntete man in dieser nördlichen Gegend noch, die Sonne schien noch ganz flanellartig warm, als wir dem großen, weißen Badehause zuschritten. Es hat ein sehr stattliches, mit Säulen geschmücktes Ansehn, und weckt große Erwartungen. Die Siebenbürgner fanden es leichtsinnig, in einem unbekannten Meere zu baden, und ließen uns allein durch den Eichenwald nach dem Strande schreiten. Tafeln an den Bäumen, Inschriften auf Inschriften, wo die Damen gehen und die Herrn gehen sollten, bekundeten uns, in welch ein civilisirtes Ländchen wir gekommen seien, wo anständiger Scham gehuldigt, im passenden Falle auch ein Casino und eine Partie Boston zu finden sei. Der junge Sachse seufzte, alte, wendische Zustände wären ihm lieber, Opferfeste Czernebogs, keine Inschriften mit römischen Lettern »Weg für Herren« »Weg für Damen« wären ihm erwünschter gewesen, da er in vielen Dingen den Weg selber suchen wollte, und es ihm auf eine kleine Verirrung durchaus nicht ankam.

Unten am Meeresstrande ist ein artiger Blick zwischen dem Vilm und der schrägüber liegenden Küste hinaus auf's Meer geöffnet, und man sieht weit draußen auf der Wasserfläche die Thürme von Greifswald schimmern. Für jeden armen Studenten ein sättigender Anblick, denn es fallen ihm Stipendia und gebratene Häringe ein, deren Auswahl in Greifswald zu haben ist, und zwar die beste Auswahl von der Welt: man kann nämlich wählen was man will, man bekommt immer Beides, kein Stipendium ohne Häring, kein Häring ohne Stipendium. Jedem gebildeten Topographen ist bekannt, daß man sonst in Greifswald am Thore angehalten und gefragt wurde, ob man ein Stipendium nehmen wolle, nur unter dieser Bedingung war der Eintritt gestattet. Das Abschaffen der Thorsperre mag auch diese Zudringlichkeit gemildert haben; im Correspondenten sah ich zwar, daß sie in Hamburg noch existirt, die Thorsperre nämlich, nicht etwa die Zudringlichkeit, weil aber dort keine Universität ist, mag wohl mit den Einpassirenden ein andres Abkommen getroffen sein.

Angesichts jener Stipendienstadt, wo trotz Häring und Stipendium immer so wenig Studenten gewesen sind, daß die Professoren äußerst ökonomisch mit ihnen umgehen mußten, um lesen zu können, wo auch der mathematische Grundsatz erfunden worden ist »Drei machen ein Collegium,« Angesichts dieser edlen Stadt stürzten wir uns in's Meer. Ich kann es mir wohl denken, daß diese Thürme, welche man bei gutem Wetter und mit guten Augen am Horizonte sieht, dem Seebade von Putbus nachtheilig geworden sind: es hat etwas schamverletzendes, von Thürmen im Stande der Unschuld betrachtet zu werden. Wie leicht können Studenten, die nächst den Referendarien und Damen des Serails die meiste Zeit übrig haben, tubusbewaffnet auf diesen Thürmen erscheinen, und das größte Unglück anrichten!

Sonst ist das stille Meer, das heißt die stille Ostsee daran schuld, daß dies Seebad nicht so gesucht wird. Einmal nämlich ist die Bucht überall vom Lande eingeschlossen und nur nach Süden zu theilweise offen, die Südwinde sind ferner an sich seltner und immer schwächer und kommen obenein vom Lande, vom friedlichen Greifswald her – es fehlt also ganz und gar an Wellenschlag, diesem geheimnisvollen, über alles gesuchten Etwas eines Seebades, die Oberfläche des Wassers ist glatt wie ein Teich. Daß die Entfernung von Putbus eine halbe Stunde weit ist, mag auch hinderlich sein, selbst wenn man zugiebt, daß die See von guter Familie ist, und mehr als jedes andere Wasser nur mit wohlhabenden Leuten verkehrte.

Man hat wegen des mangelnden Wellenschlages vorgeschlagen, und ich glaube, auch versucht, an der Ostküste, an der sogenannten Granitz, wie dieser waldige Theil der Insel genannt wird, ein Seebad einzurichten, indessen paßt aller übrige Zuschnitt, der mit großem Aufwande für Putbus geschehen ist, nicht dafür. Wer mag es dem Fürsten von Putbus verargen, daß er nicht die außerordentlichen Opfer, welche er mit großartigster Liberalität für Putbus gebracht hat, in ihren Ergebnissen vernichte, und seine artige Residenz dadurch veröde? Denn Putbus würde verödet, wenn man an der Granitz eine Saison veranstaltete. Es hat sich denn nun so gestellt, daß Putbus ein heitrer Sommeraufenthalt ohne besonders nachdrückliche Rücksicht für das Seebad geworden ist: die begüterte Welt dieser nördlichen Striche, vorzüglich Neuvorpommerns und

Mecklenburgs kommt in großer Zahl mit Equipagen, schönen Pferden und blanken Friedrichsdor's nach Putbus, ergötzt sich am gegenseitigem Verkehr, an der Aussicht, am Park, an Partieen, am Faro, an einem kleinen, artigen Theater. Dobberan und Putbus theilen sich in die reichere Badewelt dieses westlicheren Ostseestrichs. Wie dort der regierende Fürst seine Goldstücke der Bank nicht vorenthielt oder hält, so erfreut der hiesige besitzende die *Table d'hôte* mit seiner Person, und seine Gemahlin thut ein Gleiches. Mit einer solchen halben Officialität halten diese Herrschaften das Badeleben in einem lebhaften Schwunge und verleihen ihm für viele Besucher einen familiaren Reiz.

Daß die Insel preußisch ist, und der Fürst von Putbus, wie Pückler, ein gefürsteter Graf, der als Privateigenthum einen großen Theil des Ländchens besitzt, bemerke ich für oberflächliche Statistiker.

Als wir nach dem Badehause zurückkamen, waren die Siebenbürgner mit ihrer Leibeswäsche noch nicht fertig. Zu unserm Erstaunen fanden wir in dem imponirenden Gebäude nur einen ganz kleinen Salon, und gar keine Wirthschaft, da diese nur für die Saison besteht, und um die Septemberzeit aller Badebesuch die Insel schon verlassen hat. Das ist charakteristisch für das eigentliche Bademoment: in den andern Ostseebädern ist der Septemberanfang wegen frischen, bewegten Meeres noch sehr beliebt.

Ueber die Zweckmäßigkeit solcher Bauart, links und rechts von dem kleinen Saale viereckige, halbdunkle Plätzchen übrig zu lassen, die von Mauern eingesperrt waren, und auf welchen Grasgestrüpp wuchert, hab' ich mich nicht so schnell unterrichten können. Man fängt es sonst einfacher an, wenn man nur einen kleinen Saal haben will.

In dem großen, stillen Gebäude kam endlich ein Mädchen zum Vorschein, was sich eben den Haarzopf aufsteckte, und in flüchtiger, sinnlicher Persönlichkeit etwas von Flämmchen aus Immermanns Epigruen hatte.

Die stille Abgelegenheit des weißen Hauses, das stille Innere hätte einen ganz hübschen Hintergrund abgegeben, fremd und unerwartet ein zärtliches sinniges Auge zu finden, von der Welt und ihrem Geräusch zu erzählen und den Abend mit solcher Einsamkeit auf sich herabsinken zu lassen. Ich weiß nicht mehr genau, ob der

Sachse auch so dachte, der Siebenbürgner im Barte hatte Grundsätze.

Eine mächtige Anhöhe hinauf, zwischen Feldern führt der Weg nach Putbus, was mit seinen weißen Häusern wie eine Theaterdekoration herunter leuchtet. Wir traten sogleich in den Park- und Schloßbereich, der sich an den Hügellehnen hinzieht; es war ein milder sonniger Tag des Frühherbstes, die Luft war still, unter den schönen großen Bäumen war es still, das stattliche Schloß war ebenfalls still, die Besitzer saßen bei Tafel, alle Entréen und Wege waren fein und rein, dick und behaglich lehnte der bordirte Portier am Schloßeingange, und ein großer, neben ihm ruhender Hund blinzelte uns schläfrig an; sammtgrün lockte von der Seite ein schöner Grasabhang, auf welchem das Gewächshaus steht, und von wo das Auge sanft hinabgeleitet wird auf Strand und Meer – aller Reiz vornehmer reicher Existenz, welche sich auch die Natur zu poetischer Lockung bilden kann; alle Ruhe und Behaglichkeit einer schönen, sorgenlosen Erde wehte uns an mit weichem Hauche, wir legten uns auf den Rasen und träumten von Gottes Stille, von schönen Versen, von treuen Augen, von weichen streichelnden Händen, von sanfter Musik, besonders von den elegischen Anfängen des verstorbenen Bellini.

Der tiefe Schatten des schönen Parks mit allerlei schönen Baulichkeiten geht noch weit hinüber zum Thiergarten, wo schöne Hirsche in bequemer Gefangenschaft ihr Leben verträumen.

Diese ganze Anlage ist noch ziemlich jung: es war ein Wald, in welchem das Putbusser Steinhaus lag; daraus ist ein Schloß gewachsen, der Wald ist zum Park gelichtet worden, erst im Jahr 1810 ist der Ort Putbus angelegt worden. Und jetzt bewegt man sich unter diesen Bäumen, als sei man in Alt-England auf dem müßigen, reichgepflegten Boden eines Millionenlords, welcher Wald und Meer zu seinem Behagen nöthige. Auch der innere Raum des Schlosses soll angemessen, geschmackvoll und reich ausgestattet sein; wir hatten die Stunde nicht getroffen, wo es zu sehen ist, und so nöthig und passend solche Einrichtung mit Bildern, Büchern und Kunstwerken natürlich ist, ich beklage es selten, wenn ich den Anblick verliere. Die Vorstellung füllt mir's genügend aus, und ich habe nicht den störenden, ungerechten, aber natürlichen Einwurf zurückzuweisen, daß ich dieß da und dort, wo die Mittel und die Absicht größer waren, vollständiger gesehen habe.

Historisch-charakteristisches trifft da immer noch am eindrücklichsten: ein glücklich gewordenes Ensemble solcher Oertlichkeit mahnt am nachhaltigsten an historische Figuren, historische Momente, in denen eine Schöpfung versucht worden ist, oder an die sich eine knüpfet.

Ein kleines Gebetbuch Philipps II. ruht in diesem behaglichen Putbusser Schlosse, eine Beute Wrangel's. Die violetten Pergamentblätter mit kostbaren Miniaturgemälden, mit goldnen, weißen, rothen und schwarzen Buchstaben, auf denen einst das harte Auge betend geruht hatte, liegen hier in Frieden, nur die Neugier fällt zuweilen auf sie. Und ihre Charaktere haben einst den Schlüssel zu Himmel und Hölle gehabt. – Auch eine Gipsmaske vom Antlitze des erschossenen Schwedenkönigs Karl XII. mit der Kugelwunde am rechten Schlafe schläft hier ihre gespenstige Existenz.

Ich ließ mir das erzählen, und blieb still auf dem prächtigen Rasenabhange, grün, wie England in meinem Sinne ruht, auf diesem prächtigen Aussichtspunkte liegen, dachte an die Welt, die so Vieles versucht, und an den Tag, der mit seiner goldnen Sonne unpartheiisch darüber hingeht, an die Welt, die nach all den Andeutungen zunächst kommen könnte, und sang, und klagte und hoffte in meinem Herzen – was finden wir? Ein kleines Wort, das Wort heißt »Weiter!«, weiter! riefen sie, nach dem Fürstenhofe! Das ist ein Wirthshaus, da wollen wir Beefsteak essen.

Nach der Saison hat dieses weiße Städtchen in seiner Leere etwas Verstorbenes, man hört seine Tritte schallen, man zählt die Leute – ich kaufte mir für zwei Silbergroschen einen Eichenstab, und schritt sammt meinen Gefährten aus dem offenen Oertchen hinaus, nach dem Walde zu, um gegen Bergen zu gelangen.

So wie man den Menschen handlicher bekommt, wenn man erst weiß, ob er von Jugend auf Hofrath oder Kanzleiinspektor gewesen ist, ob er niemals Anlage zu Polizeiwidrigem, zu Eigenem bewiesen hat, ob er in Liebe oder Haß befangen war, so verständigt man sich auch erst mit der Auffassung eines Landes, wenn man einen Blick in dessen Geschichte werfen kann.

Da hat man nun hier große Noth! Was ist wendisch, was ist germanisch auf Rügen?' Das hat schon heiße Mühe gekostet, wenn's irgend angeht, entscheid ich's nicht, das getraue ich mir zu versprechen; was soll ich mir um der alten Wenden halber Ungelegenheiten machen, der ich um der neuen halber schon genug habe? Ruhe und Genuß meiner Reise ist durch diese Unzulänglichkeit unserer Historiker sehr gestört worden.

Natürlich ist Rügen den Klassikern bekannt gewesen, sie haben sich nur nicht die Mühe genommen, dafür einen Namen auszusuchen, und man begnügt sich nicht mit dem Bernsteinlande der Römer, womit diese den grauen Norden abfinden, sondern auch die Phönizier müssen da gewesen sein.

Da wir nun aus Phönizien alle möglichen Vermuthungen und sehr wenig Bücher gezogen haben, so ist es besonders der Insel Rügen wegen sehr zu bedauern, daß der Hannöversche Sanchuniathon abortirt worden ist. Das war nämlich der Versuch, in einem nicht existirenden Kloster Oportos ein Manuscript aufgefunden zu haben, der Versuch hat sein Möglichstes gethan, Hannover hat aber kein Glück mit Oporto; wir sind auf dem alten Punkte mit Rügen und den Aufklärungen durch die Phönizier.

Etwa dreißig Jahre nach Karl dem Großen soll die Insel in einer wirklichen Urkunde zum ersten Male erwähnt sein, das genügt für unsern Zweck. Man hat sie früher Reidgodland und Raneninsel geheißen, wie denn Ranen überhaupt ein alter, beliebter Ausdruck für Rügener ist, und ähnlich klingende und nicht minder wohlklingende, nach Fischthran schmeckende Namen, wie »Ratze« ein Fürst, Bog, Bialbog, Czernebog, die Namen diverser Götter auf einen sehr kräftigen Geschmack deuten. Die alten Römer nannten es, wie sie, glaube ich, mit den meisten Inseln thaten, Rö oder Roe. Der Name Rugia kommt später vor, und wechselt auch noch mannigfalt; kein Mensch weiß, ob er von den germanischen Rugiern herrührt, von denen uns in Tertia erzählt worden ist, daß sie mit den Herulern beliebte Soldaten in Rom gewesen, und durch ihren Führer, Herrn Odoaker, das weströmische Reich gestürzt haben.

Kurz, es sind mir wenig Forschungen auf meiner Durchreise gelungen, und ich folge zumeist dem Herrn von Schönholz, welcher unter der bescheidenen Chiffre Fr. v. Sch. und unter steter Verehrung der Insel das neuste und beste Reisehandbuch über Rügen herausgegeben hat. Außerdem habe ich auch das dicke Buch des Herrn Pastor Grämbke gelesen, welches zum Theil auch die Quelle des Herrn v. Schönholz und ein sehr dankeswerthes, mit Pastorenfleiß und reicher Kenntniß gearbeitetes Werk ist.

Die Ranen waren denn also unverschämte Seeräuber, die mit Mecklenburgern, Pommern und Dänen in steten Kriegen lagen, und eine Zeit lang auch vom Christenthum und Dänemark, besonders von Kanut dem Großen unterjocht wurden. Bekanntlich war die Nordküste Deutschlands am widerspenstigsten und feindseligsten gegen das Christenthum, da gab's viel Schlachten und Blutvergießen, das in uninteressanter Weise durch einander geht, die Kraft der Insel bricht, deutsche Einwanderungen nöthig macht, und so am Ende den wendischen Schlag vermischt. Man erzählt sogar detaillirt romantisch, daß die letzte Wendin auf Rügen, die noch wendisch gesprochen habe, Madame oder Mamsell Gülzin, im Jahr 1804 verstorben sei.

Item, Rügen war eine pommerische Provinz geworden.

Die alten rügenschen Wenden genießen einen schlechten Ruf, sie gelten für grausam und räuberisch, dem Fraß und Soff ergeben; ihre Sprache soll sich noch ziemlich rein bei den Cassuben in Hinterpommern erhalten haben. Eine Gattung derselben findet man noch in einzelnen Strichen der Lausitz, wo sanftgebildete Reisende noch heute vor diesen heidnischen Lauten erschrecken. Gegen den eingelernten blondblauen Begriff der Germanen werden uns auch diese Wenden blond mit blauen Augen geschildert. Man möchte sagen, die nordische Luft erzeuge in ihrer Schärfe und Herbe solche blasse Farben, lasse satter Gefärbtes nicht zu, denn der lichte Charakter geht noch heute durch, die preußische Armee aus den alten nördlichen Provinzen ist beinahe ganz blond, und erinnert in Deutschland damit zum stärksten an die alten Germanen. Freilich sind unterdessen die Haarschneider erfunden worden, die Todfeinde geschichtlicher Sitte; ferner Holstein, Dänemark, England sprechen im Ganzen noch heut für den lichten Charakter; aber Schweden mit seinen dunklen Köpfen, mit seinem durch Schönheit berühmten brünetten Menschenschlage macht alle Regel zu Schanden, wenn man selbst für die dunklen Irländer zugäbe, daß sie ein ursprünglich südlicher Schlag seien.

Die alten blendend weißen, wie alle nordischen Völker hoch gewachsenen Wenden auf Rügen sollen lange Bärte, und kurze Rücke von Tuch oder Lein, kurze Mäntel, kleine Mützen mit einer Feder getragen haben. Daneben sind die Frauen schlecht bedacht gewesen mit einem langen, grauen Kleide aus Flachs, ohne Aermel – die Weiber haben überhaupt durch die moderne Geschichtsentwicklung das meiste gewonnen; die Weiber und die Kaufleute; die Galanterie des Mittelalters war doch nur Zuckerwerk, und wenn es kein Zuckerwerk gab, da gab's viel Langeweile.

Interessant scheint mir's, daß die alten Ranen ächt nordisch, wo es mehr Nacht als Tag ist, die Zeit nach Nächten und nicht nach Tagen gezählt haben; auch haben sie von dem erfrornen Frühlinge und dem rheumatischen Herbste keine Notiz genommen, sondern nur Sommer und Winter unterschieden. Wenn Einem warm ist, da giebt's Sommer, wenn man friert, Winter. Ihre zwölf Monate haben sie auch viel eigenthümlicher benannt als wir mit unsern romanischen Namen, die uns nichts bedeuten, sie hatten folgende Monate: Winter, Krähen, Tauben, Kukkuks, Birken, Saat, Linden, Getreide, Brunft, Blätterfall, Erdfrost, dürrer Mond. Damit weiß man doch gleich, was in der Natur vorgeht, und mit ein Paar kleinen Geschmacksänderungen wäre die ächteste Poesie in den Kalender eingeführt.

Gegen die Frauen waren diese Wenden keineswegs blöde, sie durften deren drei heurathen, und der Pantoffel war auf Rügen unbekannt: die erkaufte Frau war dem Manne leibeigen, eine Magd, sie durfte nicht mit am Tische essen und mußte dem Manne und seinen Gästen die niedrigsten Dienste verrichten. Nur an den zweiten Frauen entschädigte sich die erste und knechtete sie. Jede Braut sang ein Klagelied, wenn sie das Elternhaus verließ, angeblich, weil sie das heimische Feuer auf dem Heerde unbehütet verlassen müsse, dann stieg sie auf den Wagen, welchen der Bräutigam sandte. Er bewillkommte sie an der Grenze seines Eigenthums mit einem Feuerbrande und einem Trinkgefäß. Jener war Symbol, daß sie nun den neuen Heerd hüten solle, aus diesem durfte sie trinken. Dieß geschah, wenn sie die Wohnung betrat, noch einmal, und darauf wurde ihr das Haar abgeschnitten und der Brautkranz aufgesetzt. Kinder gehörten dem Vater, er machte mit ihnen, was er wollte, nur Söhne erbten gesetzmäßig, mißgestaltete Kinder durfte der Vater tödten, auch Töchter, wenn sich deren zu viel einfanden. Die Erbschaft der Söhne ging nach dem Verdienste im Wettlauf, Laufen war also die erste Tugend und das einträglichste Geschäft.

Die Griewen, oberste Priester, waren Hauptpersonen, sie machten auch die Gesetze, vor denen nichts rettete. Ehebrecher wurden von Hunden zerrissen, Jungfrauenverführer starben in den Flammen, Weiber, die nach dem Manne schlugen, büßten ihre Nase ein, auf Verläumdung stand Stäupung oder Tod, auf Diebstahl Prügel oder Tod durch wilde Hunde, wer den Gastfreund beleidigte, mußte sterben, gegen Mord stand die Blutrache offen.

Man sieht, die Gesetze waren nicht viel weniger als die Drakonischen mit Blut geschrieben, und man konnte leicht zu einem Schaden kommen, der keinen zweiten zuläßt.

Ihre Religion war heidnische Vielgötterei, und hier spielen die Bog's, Bog als Hauptgott, Bialbog als weißer und Gott des Guten, Czernebog als schwarzer und Gott des Bösen ihre Rollen. Dreieinigkeit und persischer Dualismus beisammen. Nun gab's aber noch viel apanagirte Gottheiten, die Vit's, Swantevit, Rugevit, Borevit und Poromur, von denen Swantevit mit sehr gesuchten Eigenschaften der bei Weitem beliebteste und auf Arcona, an der Nordspitze, zu Hause war. Er hatte ein weißes Pferd, welches mit den Priestern die einflußreichste, prophetische Rolle spielte.

Wie sie ihre Todten begruben, interessirt uns indeß am meisten, da hiervon allein noch die Spuren in den verschiedenen Grabmälern übrig sind.

Die Leichname wurden verbrannt, oft in Gesellschaft mit Gesinde und sonstigem Zubehör des Herrn, da die naive Ansicht, wie bei den alten Germanen vorherrschend war, im neuen Leben finge man Geschäfte und Interessen just wieder da an, wo man sie hier gelassen habe. Die Asche ward in eine Urne gethan, und diese auf verschiedene Weise bedeckt, entweder mit Steinblöcken oder mit Erdhaufen. Davon finden sich nun viele Variationen, und dieser Reste sind noch so viele übrig, daß man wie durch einen großen Begräbnisplatz durch diese Insel reis't. Frei liegen die alten Recken in Gottes Welt, das Meer kann oft zu ihnen aufsehen, die Vögel des Himmels umkreisen sie in weiten Bogen, der Wind trägt ihnen ungehindert von allen Seiten Nachrichten und Grüße zu, kein Dorfsschulmeister hat mit dem Tischler seine Lamentationen auf ein schwarzes Täfelchen geschrieben, und den Tod eingeengt in alltägliche Beziehungen, die alten Rügener schlafen frei und groß wie die Elemente.

Daß sich auch bei den Lebenden noch deutliche Zeichen einer uns fremdartigen Nationalität vorfinden sollen, mag ich nicht ohne Weiteres zugeben, noch auch in Abrede stellen, da ich die eigentlichen officiellen Striche der alten Rügener, wo sie sich am deutlichsten erhalten haben sollen, nicht gesehen habe. Dies ist der südliche Theil Rügens, das sogenannte Mönchgut, und es sind einige Inseln, besonders Hiddensö und Ummanz.

Was übrigens dem aus Mittel- und Süddeutschland kommenden Fremdartiges hier entgegentritt, scheint sich nicht allein auf Rügen zu beschränken: es ist entweder ein derbes, biederes halb seemännisches Wesen, was dem Norddeutschen im Allgemeinen eigen sein mag, oder es ist jener Anstrich von Dänemark und Schweden, der sich wie eine Lufttinte bis hierher erstreckt. Besonders von Schweden. Das frühere Schwedisch-Pommern mit Greifswalde, Stralsund und dem anliegenden Striche bietet heut noch mancherlei Sitte und Aeußerung, welche aus der früheren Herrschverbindung übrig geblieben ist.

Rührend ist die aristokratische Absonderung solcher kleinen Inseln, wie Hiddensö und Ummanz: so wie der Neapolitaner und der Pariser stolz auf die übrigen Italiener und Franzosen sieht, so nennen die Ummanzer ihr Inselchen vorzugsweise »das Land«, verkehren ungern mit den Rügenern, und sehen es sehr ungern, wenn einer von ihnen eine Rüg'nerin »friet« (freit). Die Hiddensöer nennen ihre kleine Insel das süße Ländchen, »söte Länneken«, und manche von ihnen kommen ihr Lebtag nicht nach Rügen. Auch die Sprache sondert sich ab als rein seemännisch-plattdeutsch, sie fertigen sich, ganz unabhängig von aller Nachbarwelt, auch ihre Kleidung selber, und sind ein hoch und schlank gewachsener Stamm mit blauen Augen und blonden Haaren. Ganz verschieden von ihnen sind die groß und starkknochigen Mönchguter mit vorherrschend dunklem Haare. Ihr verdorbenes Plattdeutsch wird selbst von den andern Rügener schwer verstanden, sie recken die Worte aus wie die Meereswelle, welche sich breitet: Milch nennen sie Mellek, Kalb – Kallef, der Seehund heißt bei ihnen Sahl, die Gerste – Gaß, die Semmel – Peit, Worte, die nur bei ihnen gekannt sind. Nur schwedische Anklänge finden sich auch hier: Königin heißt bei ihnen auch de Dronning, König – de Köning; ihr eigen Land nennen sie Mönnichgaud.

Vor Allem charakteristisch ist ihre Tracht, die noch vom Fürst Ratze herzustammen scheint: Schwarz ist vorherrschend Alles, eine selbstgewebte weite Jacke, zwei Paar Beinkleider über einander, und darüber noch weite Fischerhosen. Die Frauen tragen eine hohe, kegelförmige Mütze, in welcher so viel Zeug steckt, als eine Grisette zur ganzen Bekleidung ihres muntern Körpers braucht; darüber wird noch ein Strohhut gestülpt. »Ehefrauen und Jungfrauen unterscheiden sich durch das Band an der Mütze.« Der Busenlatz ist bei Festkleidern roth und mit Silber oder Goldspitzen besetzt, dieser und die weiße, steif gestärkte Schürze stechen allein vom schwarzen Grundton ab. Wie die Männer ihre Beine, verwahren die Frauen den Busen mit doppelten Tüchern.

In ihren sehr niedrigen Wohnstuben leben sie höchst einfach, meist von Fischen, – wir Binnenleute könnten bezweifeln, daß diese Nahrung für so weitläufige Gestalten ausreiche. Ihre Antipathieen sind das Kalbfleisch und der Putbusser. Jenes essen sie nie, und mit diesem verkehren sie höchst ungern. Sie unterschreiben fast nie ihren Namen, sondern malen statt dessen ein Hauszeichen hin, was ihnen heiliger ist denn Alles.

Fr. v. Schönholz erzählt, daß die Frauenzimmer das Recht haben, den Mann, welcher ihnen gefällt, selbst anzusprechen, »na ehn' utstellen« (nach Einem ausstellen), wie sie's ausdrücken. Dies will mir zu einer originellen Landessitte nur halb passen, welche unsern jungen Dichtern zu einem Gedicht empfohlen werden kann: Wenn ein Mädchen nämlich heurathsfähig ist, so hängt sie ihre Schürze an's Fenster, und darf nur unter den Männern wählen, welche vorübergehn. Sind nun Eltern und Verwandte gegen eine Liebschaft, so wählen sie den Zeitpunkt, wo der Liebste zur See ist, und den Schürzengang nicht mitmachen kann. Da steht nun das arme Mädchen weinend hinter der Schürze und schilt das Meer und hofft, es werde hereintreten in's Land und das Boot des Geliebten im Bereich der Schürze stranden. Weinend kuckt sie aber doch durch die Lücke, ob nicht wenigstens ein leiblicher Stellvertreter gewählt werden könne. Diesen abscheulich modernen Zusatz werden die Dichter weglassen mögen.

Der Hauptfeind Mönchguts ist der Seehund, der zahlreich an der Küste streift. Ist einer in die Netze gebrochen, so gibt's ein Landesaufgebot, ihn zu fangen, Weiber und Männer tanzen am Strande, und singen einen uralten Reigen, ehe sie an den Feind gehen:

> Hahl mi den Sahlhund ut'n Stranne
> To Lanne!
> De hett mi all de Fisch ux fräten,
> Hett mi't ganze Nett terräten,
> Hahl mi den Sahlhund ut'n Stranne
> To Lanne!

Man sieht, es ist wenig Idealistik in dieser Poesie.

Ich habe oft gedankenvoll auf diese Küste hinübergesehen, und den Reiz eines solchen Lebens ohne Kalbfleisch und mit der einzigen Feindschaft gegen den Seehund vorzustellen gesucht – es kommt Alles auf die Frage hinaus: Viel oder wenig Bedürfnisse? Mein Glaube hält es durchweg mit den Bedürfnissen, je mehr, je besser; Herz, Geist und Leib, je mehr sie wollen, desto reicher sind sie mir, denn desto mehr haben sie. Wer viel braucht, entbehrt mehr, aber er hat auch mehr.

Doch will ich Euer Glück nicht antasten, schwarze Mönchguter! Das Essen schmeckt Euch, Eure niedrigen Stuben wärmen Euch zum Behagen, die stille Gewohnheit macht Euch einander lieb und werth, Ihr hofft für's nächste Jahr auf reichen Häringsstrich, und lebt mit drei Interessen des Jahres siebzig Jahre hin und sterbt auch nicht gern.

Aber Alles kommt sicher nicht in gleiche Verhältnisse auf einer andern Welt – des Mönchguters Seele hat ja doch eine ganz andere Geschichte und ist deßhalb eine ganz andere als die des Parisers.

Und so wird der Unterschied fort gehn in andre Welten, und das von der Erde gleich Zusammenkommende wird sich wieder in neue Unterschiede sondern. Das ist die Welt.

7. Rügen

Es war ein stiller niedriger Wald, durch den wir nach Bergen wanderten. Hinter ihm öffnete sich ein hügliges Land, in welchem hie und da wie Ruheplätze einzelne Gehöfte, mit Bäumen umgeben, lagen. Dies ist der vorherrschende Charakter des Ländchens: Kleine Städte, wenig größere Dörfer, aber viel solche einzelne Höfe.

Gegen Sonnenuntergang sehen wir vor uns auf einer mäßigen Höhe das Städtchen Bergen. Ein Landstädtchen ohne besondern Charakter, Mittel- und Hauptpunkt des Landes; dicht bei ihr liegt der Rugard, die gepriesenste Höhe der Insel. Die Sonne neigte sich zur Küste, wir eilten also hinaus. Wenn von Bergen und Höhen die Rede ist, so erhebe man hier ja nicht etwa seine Illusion besonders, die Unterschiede sind hier sehr gering, und nur im Verhältniß unter sich von Bedeutung – mäßige Erhöhungen, das ist Alles, was man von Rügen erwarten darf. Da nun Bergen schon der höchste Punkt ist, so darf man kein besonderes Aufsteigen nach dem Rugard gewärtigen. Es ist der Erdrest einer alten Wallburg auf einer kleinen Anhöhe. Um Wälle und einzelne Theile der Befestigung auszufinden, muß man sehr speciell zu Werke gehen und mancherlei specielle Phantasie mitbringen. Das ist um so nöthiger, da das Ganze durch kleine moderne Zusätze bereichert und zu einem Spaziergange gemacht ist. Das alte Residenzschloß der Rügenschen Fürsten soll hier gestanden sein – wir ließen das auf sich beruhn, und vertieften uns in die Aussicht. Es ist dies der Punkt des Rügenschen Panoramas, und Herr v. Schönholz wird sehr schelten, daß wir damit angefangen haben, statt damit zu schließen.

Er hat auch vollkommen Recht: man muß sich diese Totalübersicht Rügens bis zuletzt aufsparen. Das ganze Ländchen, getheilt und durchwässert durch die Binnenwasser, die Bodden, liegt vor uns, ein Edelstein, gefaßt in eine Silberfee, wie Shakespeare im König Richard II. von England sagt, nur die nahe Pommersche Küste mit den Thürmen von Stralsund stört den Vergleich mit England.

Nach Nord und Ost jenseits des offnen Wittow und des bebuschten Jasmund, der dunklen Granitz die uferlose, in's All verschwimmende See, mit dem Haus des Abendrothes, was über Pommern herüber glimmt, auf der andern Seite Küsten und Inseln, Einschnitte und Buchten, Thürme und Kirchen, zunächst Stralsund mit hohen Kirchen, weiter hinab Greifswald, noch weiter Wolgast, die blaue Spitze von Usedom, dazwischen die Stationen unsrer Fahrt: die Die, Ruden, der Vilm. –

Hierbei kann dem Leser ein geographisches Bild der Insel gegeben werden: sie ist in vier Theile geordnet, und man geht weiter südlich von Bergen an einem Wegweiser vorüber, wo alle vier Namen zusammentreffen. Der Theil, in welchem wir uns jetzt befinden, und welcher sich südwestlich zunächst nach Pommern drängt, wohin man über den Pommerschen Sund in zehn Minuten vom Segelboot getragen wird, heißt Bergen, der nördliche Theil dieser Inselhälfte, der bis in das Nordkap Arkona ausläuft, heißt Wittow – der nach Südost hinüber liegende Theil tritt etwas zurück, und ist bis unterhalb Bergen durch einen großen Bodden von diesem geschieden; seine nördliche Hälfte heißt Jasmund, seine südliche Mönchgut, zwischen beiden liegt die schon erwähnte waldige Granitz, welche keinen officiellen Theil ausmacht, im nördlichen Jasmund die Stubnitz, welche auch nicht besonders gezählt wird.

Dieser jenseitige Theil, Jasmund und Mönchgut mit der Stubnitz und Granitz, mit den Stubbenkammern, dem Garthasee den schönen Wäldern, dem Jagdschlosse der Granitz, der charakteristischen Eigenthümlichkeit der Mönchguter, dieser Theil drüben, von welchem uns hier auf Rügard der Boden schied, wie vom gelobten Lande, ist der bei Weitem sehenswerthere und interessantere. Außer Putbus und dem Rügard enthält die westliche Hälfte nur den Leuchtthurm in Arcona und ist offnes, uninteressantes Land. Es müßte sich denn jemand besonders für den verstorbenen Dichter Kosegarten interessiren, der aber in Wittow, im Dorfe Altenkirchen begraben liegt. Dort war er Prediger – der Ort hat, nebenher gesagt, die älteste christliche Kirche auf Rügen, und davon seinen Namen, auch lebt Swautewit der Heidengott als Sanct Veit hier christlich weiter – von dort aus hat er – nicht Swautewit, sondern Kosegarten – so fleißig Reisende für Rügen geworben, er hat Rügen zuerst als ein unerläßliches Reiseziel angepriesen, von dort aus sind seine »Inselfahrt«, sein »Eusebio« ec. Rügen empfehlend zum Druck gewandert, und auf Subskription in Leipzig herausgekommen. Süße naive Zeit unsrer Literatur! Wir fanden in einem ganz leidlichen Wirthshause einen trefflichen Thee gerüstet, mit gutem Fleisch,

Seefisch und vielerlei Sonstigem garnirt. Ueberhaupt wird der Leib hier in Norden viel kräftiger und tüchtiger versehen als in Mitteldeutschland, und es ist mir jetzt erklärlich, wie die Pommern und Meklenburger die Halle'sche Küche so ungemessen plattdeutsch schmähen konnten. Halle zeichnet sich auch allerdings darin auf's schlechteste aus, dies Statistikum darf aber auf die Länge nicht mehr verschwiegen werden, daß man in Sachsen und besonders in Schlesien am geschmacklosesten und dürftigsten gespeis't wird.

Hier in Bergen fanden wir denn auch Kosegartens Gedichte, die so geeignet sind, in jene literarische Epoche zurück zu versetzen, wo neben Schiller und Goethe die Poesieen des Pfarrers von Altenkirchen und Aehnliches noch mit großer Theilnahme aufgenommen wurden, wo er die harten Verse, in denen er Arcona propagandistisch besingt, dreimal verbessert, oder wenigstens verändert herausgeben konnte, wo er seines Töchterchens Alwina Bildniß vorstechen ließ, in sichrer Gewißheit, das Vaterland nehme auch an der Physiognomie seiner Familienglieder das größte Interesse.

Da finden sich denn auch drei Lieder auf den Rügard. Das erste beginnt:

>   »Auf Deinem schroffen Felsenscheitel
>   Empfange mich alter Rügard,
>   Empfange mich, Hehrer!
>   Mich lüstert, zu schauen,
>   Mich lüstert, zu fassen ec.

Der Rügard ist aber alles Mögliche, nur kein schroffer Felsenscheitel – das ist nun auf der einen Seite für Rügen stolz gesteigert, und vielleicht die Grundlage zu den irrigen Vorstellungen, die man jetzt noch vielfach von der Insel hat, als sei dies sanfte, anspruchslose Eiland eine wilde, pittoreske Felseninsel; auf der andern Seite vergegenwärtigt es ganz und gar das Antlitz einer aus Worten zusammenaddirten Poesie. Hohe Felsen, tiefe Schluchten, immer Sturm und dergleichen Extreme waren stets erforderlich, um eine Gegend poetisch zu finden, und das gefiel noch zu einer Zeit, wo Goethe schon so viel für den einfachen Geschmack am Wahren und Aechten geschrieben hatte. Diese Kosegartenschen Poesieen mit seinem und Alwinas Bildnisse und vielen andern Bildern sind 1798 erschienene

Das zweite Lied an den Rügard beginnt wiederum:

> Hinan den Fels!
> Hinan im heulenden Sturm!
> Was strebest du, Starker, mit mächtiger Schwinge
> Dem Klimmer entgegen? Ich will,
> Ich will ihn erklimmen. –

Wieder Sturm und Fels und Anlauf! Wir mußten uns besinnen, ob wir denn auch nur eine Anhöhe zu ersteigen gehabt; nur der Siebenbürgner nahm Kosegartens Partie, weil fast in jedem Gedichte die Unsterblichkeit empfohlen werde. Der Sachse dagegen lachte wie ein Recensent darin umher und las einzelne Verse vor:

> »Mit herrlichen Narben die Stirne beblümt«
> »Nur Eines, Ida, altre nie,
> »Es ändre und es kränkle nie
> »Das süße Band, das uns umflicht,
> »Das fas're und das reiße nicht.«

Dann fand er mehrere »Thränchen« und trieb arges Zeug. Man kann pietätslos damit viel Unrecht thun, und muß sich meistens begnügen, die historische Vergleichung zu gewinnen.

Der Siebenbürgner im Barte führte uns diesen Abend noch ein wunderliches Schauspiel auf: Das stille friedliche Bergen, was in der Sonntagsruhe um uns her lag, unsere sanfte, lachende Stimmung und ein schönes Rügensches Mädchen mit vollen, wohlgebildeten Formen und den artigsten Lustspielaugen, das Alles hatte wohl den Paroxysmus veranlaßt, welcher sich seiner bemächtigte. Er stand nämlich auf und ging heftig im Zimmer auf und nieder, lange Zeit unbemerkt von unserm Treiben. Sein Landsmann, dem die Erscheinung nicht mehr neu war, machte uns aufmerksam. –

Der Akteur hatte die Arme gekreuzt, trat stark und imponirend auf, machte ein sehr böses Gesicht, und ballte mitunter schnell eine Faust in die Luft. Das Mädchen räumte den Tisch ab, und sah mitunter von dem mit ihr scherzenden Sachsen nach dem Bärtigen zurück, und kicherte. –

Warum lachen Sie, warum erdreisten Sie sich zu lachen, bedenkliches Geschöpf? wandte er sich plötzlich mit einer Donnerstimme an sie. –

Wie ein Pfeil entwich die Dirne, an der Thür dem Hauswirth begegnend, welchen ein Geschäft zu uns führte. Gegen diesen richtete sich der neue Angriff. – Herr Wirth – die Stimme war gedämpft – besorgen Sie mir ein Glas Wasser und einen Stiefelknecht, oder ich renne Ihnen meinen eisernen Stock durch den Leib. –

Der Wirth prallte zur Thüre hinaus, und brachte in Kurzem zaghaft und schüchtern das Verlangte, Wasser und Stiefelknecht. –

Herr, wie konnten Sie sich erlauben, was Sie sich erlaubt haben? ich werde blutige Rechenschaft von Ihnen fordern. –

Darf ich fragen –

Schweigen Sie, thörichter Mann, ich weiß, was ich sage, und ich sage, was ich weiß, das Unglaubliche wird bei der Sittenverderbtheit möglich, aber ich werde ein schreckliches Gericht halten –

Aber ich erinnere mich durchaus nicht, und muß tausendmal um Verzeihung –

Ich mache Sie kalt, furchtsamer Mann, bewegt sich Ihre Lippe noch weiter – Sie haben vor einer halben Stunde vor der Hausthür g e p f i f f e n , g e p f i f f e n haben Sie, dreister Mann –

Ein allgemeines Gelächter veranlaßte den Wilden, gegen uns Front zu machen, er maß uns mit stolzem Blicke, und da unser Lachen nicht aufhören wollte, wendete er uns den Rücken und schritt hinaus.

Sein Landsmann schien mehr verlegen, als erschreckt zu sein, und was er uns endlich zögernd von ähnlichen Vorfällen zugestand, deutete wirklich auf einen Paroxysmus renommirender Kourage, der unter gewissen Verhältnissen bei dem bärtigen Manne einzutreten pflegte. Die hauptsächlichsten Bedingungen schienen zu sein, daß er kurz vorher in mehrerlei Situationen ein Benehmen gezeigt habe, was die nöthige Kourage allenfalls vermissen ließe, daß ein schönes Mädchen in der Nähe sei, und sich einem muntern Scherze mit andern Männern nicht abgeneigt zeige. Dazu gab er die sehr überflüssige Versicherung, sein Landmann thue auch in diesem Paroxysmus keinem Menschen einen Finger weh.

Wir hatten also eine vollständige Monomanie vor uns gehabt, wo der mangelnde Muth, Muth zu Gedanken, zur That, zur Liebe auf gefahrlose Weise eine Explosion erzeugt, ein blindgeladenes Losschießen, um irgend ein verlorenes Gleichgewicht mit sich und der Umgebung wieder herzustellen. Ich sprach mit dem Sachsen vor'm Einschlafen noch über Menzels Literaturblatt, sonst thaten wir nichts mehr.

Den andern Morgen, als wir in der Frühe aufbrachen, war unser Held ganz still und sanft, und wandelte langsam mit uns zum Thore hinaus. Niemand erinnerte ihn an seine Schlacht von gestern, wir behandelten ihn wie einen Nachtwandler.

Wir schritten durch sanfte Hügelschluchten, an Berglehnen hin, über kleine stille Plateaus; die Sonne schien freundlich, der Thau blitzte, ein Schäfer grüßte freundlich neben seiner Heerde. So kamen wir an die Abdachung, welche nach dem Jasmunder Bodden abfällt, und sahen mit Freuden den matteren herbstlichen Sonnstrahl auf der breiten ruhigen Wasserfläche tanzen, einen gemessenen Adagiotanz. Die Luft war still und Alles ladete zur Beschaulichkeit.

Das Meer ausgenommen, ist aller Eindruck und alles Verhältniß auf Rügen in dieser kleinen, gefälligen Weise, die Berglehnen sind niedrige, sanfte Hügel, das Gestein ist weich, bröcklig, kaum zum Kreideartigen gedichtet, die Wälder, denen man weiter drüben im Osten und Südosten begegnet, sind freundlich und in mäßiger, halbjunger Stammesstärke, meist aus Buchen bestehend. Wir haben uns gewundert, keinen eigentlich tiefen, alten Wald, keinen bejahrten Hain der alten Wenden und Germanen zu finden, er muß mit der alten Vorzeit geschieden sein. Alle die Redensarten von erhab'ner, wilder Natur, von pittoresker Gestalt der Insel, wie sie gäng und gäbe, sind übertrieben, und stammen vom täuschenden Idealismus, der nach dem Schema alter Poeten beschreibt, sind Kosegartensch.

Wir schifften über den seichten Bodden, schritten über die Hügel, welche Jasmund schützen, und gelangten durch breite Hügelbecken gegen Mittag in das Städtchen Sagard.

Dieses krummstraßige Oertchen hat zwei todte Merkwürdigkeiten, und eine lebendige. Diese ist der Wirth des Gasthofes, dessen Namen ich leider vergessen habe, der aber in seinem grünen Rocke, in seiner ganzen rüstigen Wohlgenährtheit und taktfesten Geschäftigkeit, mit seiner schwedischen Physiognomie noch lebendig vor mir steht. Der Mann gewährt mir die beste Erinnerung: er betreibt nämlich einen kleinen Gasthof auf's rührigste, ausbeutendste, und befriedigend für alle Gäste, liebt und pflegt seine hübschen Kinder, und ist über alle historische und Naturmerkwürdigkeit Rügens auf das beste unterrichtet. Ganz mit eigner Hand hat er sich im Wirthszimmer eine Sammlung aller rügenschen Merkwürdigkeiten angelegt, giebt Auskunft und die kundigsten, besonnensten Hypothesen über alle Steine, Muscheln, Opfermesser, Streitäxte von Stein, Urnen, die sich auf, bei und unter Rügen irgend vorfinden. Das Meiste hat er selbst zusammen gesucht, und besonders seine naturhistorische Kenntniß ist von solcher Bedeutung, daß er mit den berühmten Forschern unsers Vaterlandes in dem freundlichsten Verkehre steht. Das flicht sich Alles so anspruchslos und doch bewußt mit der ordinairsten und beflissensten Gastwirthssorge für ein Beefsteak, für ein Glas Bier durch einander, daß es das wohlthuendste Ensemble einer erfüllten Menschenfigur gewährt, und wirklich an ein Ideal erinnert, wie wissenschaftliche Kenntniß und Forschung mit alltäglicher praktischer Wirksamkeit verbunden sein könne.

Ein sehr schmerzhaftes Gegenbild, wie der Mensch nicht wohlthuend gebildet sein könne, bildet der Barbier von Sagard, den Gott und die Kunst bessern mögen. Eigentlich ist er kein Barbier, sondern ein weibliches Wesen, des Barbiers Frau, was mit Seife und Barbiermesser schmerzhaft handthiert. Diese Manier erinnert auch an Schweden, wo eine Amazonen-Domestikenschaft herrscht, wo die Weiber nicht nur Weiber, sondern auch Hausknechte, Postillone und Barbiere sind. Ich war der erste, welcher unter ihren Händen weinte, aber ich verbarg meine Rührung, um die Genossen keines Reiseeindrucks verlustig zu machen, das nächste Schlachtopfer, der Sachse, wollte zwar nach den ersten Annäherungen dieser Damenhand sprunghafte Beweise einer ungewöhnlichen Betheiligung dokumentiren, aber ein Wink von mir auf den bärtigen Siebenbürgner ließ ihn ausharren, er ruckte und zuckte nur einige Male wie ein Karpfen, der geschuppt wird, trug's aber für die Aussicht des nächsten Anblicks.

Man konnte nicht sagen, daß die grausame Dame schön sei, sie hatte im Gegentheil zum wahrscheinlichen Leidwesen des wirklichen Barbiers von Sagard die Zeit des Paradieses, die Zeit der »zarten Sehnsucht und des süßen Hoffens« hinter sich, und deßhalb nahm der Siebenbürgner keinen Anstand, mit ihr in ein Verhältniß zu treten, ein Verhältniß, was seiner Tugend gewiß auf viele Jahre förderlich sein wird. Ich schweige von dieser unchristlichen Scene, von den Schlangenwindungen und dem Gestöhn, unter welchen er für die Erbsünde der Männer, für den Bart, zu leiden hatte. Verklärt, geläutert durch Weh ging er hervor, kein erklärendes Wort entweihte die Scene, die Dame von Sagard hat nie erfahren, was sie angerichtet.

Die erste t o d t e Merkwürdigkeit des Städtchens ist ein Gesundbrunnen, der vor dreißig Jahren gesund gemacht haben soll, jetzt aber wie ein entlarvter Wunderthäter ignorirt wird; möge die wackere Barbiersfrau sein Schicksal theilen, Sagard wird glücklicher sein.

Die zweite ist der Dubbenworth, das größte Hünengrab der Insel: ein abgestumpfter Kegel mit Dorngebüsch bewachsen, der dicht bei Sagard liegt, und neben seiner Antiquität auch eine Aussicht gewährt. Die Landleute glauben, unter diesen Gräbern lägen Riesen, und wenn beim Unwetter die Erde bebt, da schnarchten sie, oder wendeten sich um. Das ist ganz gut, was machen aber wir, die wir keine Hünengräber haben? Auch mit einer Sage wartet der Dubbenworth auf: In Jasmund hat eine große Riesin gehaus't, denn es giebt auch große und kleine Riesen, die hat über den Bodden hinüber zum Fürsten von Rügen geschickt mit dem Bemerken, sie wünsche ihn zu heurathen. Dies hat selbigem aber nicht wünschenswerth geschienen, da er zufällig gar kein Riese und ohne Verlangen nach so großen Gliedmaßen gewesen ist. Er giebt ihr also einen Korb, und sie nimmt das natürlich sehr übel, und rüstet einen Krieg. Um schneller über den Bodden zu kommen, will sie ihn eiligst mit Sand ausfüllen. Sie trägt eigenhändig Sand in ihrer

Schürze zu, und bei dieser Gelegenheit sehen wir, daß die Schürze ein sehr altes, ästimirtes und nicht blos Grisetten, sondern auch großen Damen zukommendes Kleidungsstück ist – die Schürze aber platzt in der Nähe von Sagard, und der Haufe Sand, welcher herausfällt, liegt noch heute da, und heißt jetzt, wo's an Riesen fehlt, der Dubbenworth.

All dies erlebten und erfuhren wir in dem kleinen Städtchen, und es war noch nicht zu Ende – es fuhren zwei lange, unbedeckte Korbwagen vor, die Pferde waren ziemlich ordinair aufgeschirrt, aber prächtige Thiere, deren reines Blut auch in der unscheinbaren Tracht und Umgebung leicht erkannt wurde. Solche Korbwagen hat man in Mecklenburg, und die Heimath derselben ist Holstein; es fahren in jenen Gegenden ganz noble Leute darauf; solche Pferde hat man nur in Mecklenburg; die Gesellschaft, welche aus einem Zimmer trat, was wir noch nicht gesehen hatten, mußte also nothwendig aus Mecklenburg sein. Mecklenburg, welche solide, schrotige, viereckige Gedanken steigen Einem auf bei diesem Namen! ich denke stets dabei an Kutschenpferde, große Klöße, Fleischtöpfe und wasserdichte Stiefeln; ich bin immer satt, wenn mir das Land einfällt, es muß sich derb und gesund dort leben. Und so hatte ich mir die Mecklenburg'schen Damen gedacht, wie ich deren zwei hier vor mir sah: von großem, vollem Wuchse, mit weiten blauen Augen, mit festem, weißem, luftig geröthetem Fleische, nicht fein, aber üppig, kräftig, mit tüchtiger Gutmüthigkeit in den Zügen, mit großen, weißen Zähnen und dichtem, braunblondem Haar, mit starker, aber fleischesvoller, weißer Hand. Die eine trug ein weißes Kleid, die andre ein schwarzes, und sie gefielen uns sehr. Nach Unbefangenheit der nordischen Art gingen sie leicht sammt ihren Begleitern in Anknüpfung und Gespräch ein; wir waren im Begriff nach Arkona zu fahren, sie stiegen eben auch auf den Wagen: von allen Herrlichkeiten der Welt hatten wir im Augenblicke nichts anders zu wünschen, als daß diese freundlichen, schönen Mecklenburgerinnen – klingt das nicht so gewiß handfest und zuversichtlich, und ganz gewiß kochverständig und treu und gut, das Wort Mecklenburgerin – als daß sie auch nach Arkona fahren würden. Und so lieb und zutraulich fragten sie auch: Sie fahren gewiß ebenfalls nach Stubbenkammer?

Herr Gott, nein, wir thörichten Menschen haben einen Wagen bestellt – geschwind, läßt sich das nicht ändern?

Da rasselten sie fort, die im weißen Kleide, die wirklich prächtig drein sah mit dem gutmüthig-innigen Ausdrucke sah sich so ermunterungsvoll um – meine Herrn, ändern wir den Plan – aber die Siebenbürgner waren ungerührt, der Sachse war nicht da, und hatte keinen Drang, da ihm der Eindruck entgangen war; ich mußte mitpoltern auf dem harten Wagen über die Schabe nach Arkona, das that weh!

Die Schabe ist zwar sehr merkwürdig, aber es giebt doch bessere Dinge als Merkwürdigkeiten.

8. Nach Arkona und Stubbenkammer

Um nach Arkona zu kommen, mußten wir wieder zurück nach der westlichen Hälfte, an deren Nordspitze das Vorgebirge liegt, an der Spitze von Wittow. Und dies sollte zu Lande bewerkstelligt werden, obwohl der Jasmunder Bodden zwischen Jasmund und Wittow liegt. Da nämlich, wo das Meer beginnt, und der Bodden stolz und wohlgemuth der großen Wassermutter, der See, in die Arme eilen könnte, da drängt sich wie eine skurille Ironie eine schmale, klägliche Landzunge zwischen den Bodden und das Meer, und zieht sich von Jasmund bis nach Wittow hinüber, wohl zwei gute Secunden Wegs lang. Dazu sieht diese Landenge höchst plebejisch aus und man begreift das Meer und den Bodden nicht, wie sie solch ein gemeines Hinderniß dulden können – ein Schwert zwischen den Ehegatten mag respectirt werden im Nachtlager, aber eine dürre Gerte! Ich habe das Meer und den Bodden im Verdacht, daß sie keinen guten Willen zu einander haben: der Bodden mag vielleicht lieber ein kleiner, aber selbstständiger Herr sein, und das Meer vergißt hier in der tiefen Bucht den seichten, schwachen Gesellen, den kleinen Tausendsappermenter eines Provinzstädtchens, der die Cotillons aufführt. Wie dem sei, diese Landenge ist ein schmaler, kaum ein wenig über den Wasserspiegel erhöhter Sandstrich, und heißt die Schabe. Vielleicht seiner schäbigen, ganz unproduktiven Beschaffenheit wegen, die Seeraben halten hier kleine Casinos, aber sie genießen nichts da, sie kosten nur einmal die Landruhe. Nirgends hab' ich so viel Möven gesehn, als auf der Schabe, von allen Farben, schwarz und weiß, grau und weiß, grau, weiß sitzen sie hier und konspiriren. Der Wagen, um festen Boden zu haben, fährt meist mit einem Rade in der See, und sie lassen ihn oft ganz nahe kommen, sie fliegen und schwimmen ein ungestörtes, sichres Leben. Der Siebenbürgner war nicht so ruhig wie die Möven, und die tiefe Zuneigung der einen Wagenhälfte zum Meere beunruhigte ihn. Er versicherte den Kutscher, nicht schwimmen zu können; der Sagarder aber lachte bloß; hier giebt es keine Unebenheiten, der Meeresstrand ist gleichmäßiger Sandboden.

So fuhren wir denn halb im Wasser und fortwährend zwischen zwei Wassern, an einigen Stellen ist die Schabe nicht breiter als zwei, drei Chausseen – wie die Kinder Israel durch's rothe Meer.

Der Siebenbürgner sagte: wenn nun plötzlich eine Ueberschwemmung einträte, was geschähe mit uns auf diesem Sandgrat? wir ersöffen, erwiderte der Sagarder, sein Nachbar.

Im Winter mag wohl diese Passage durch das Eis gehemmt sein, was sich aufschiebt.

Die Meeresbucht, Wilk wird es hier genannt, auf deren inneren Landesbogen wir fuhren, hat auf der östlichen Inselhälfte das breiter mit der Brust sich bietende Jasmund zur Grenze, und schief vor uns liegend auf Wittow die eigentliche Spitze der Insel, Arcona zum Brechpunkte. Beide Gestade glänzten wie Kreidefelsen aus der Ferne, und der Leuchtthurm von Arkona, in dessen Nähe noch einige Wallreste einer alten Jaromarsburg sich finden, sah wie ein Castell über das Meer herüber zu uns.

Die Sonne schien freundlich, wir ließen zu großer Beunruhigung des Siebenbürgners den Wagen etwas weiter in's Meer fahren, machten ihn zur Garderobe und wateten in die See hinein. Auch das Wasser hält nicht einmal Wort, wenn der Anblick von Reinheit der Gesinnung spricht, schwarzer Schleim wie Rogen von schwarzen Fischen erfüllt die Strandwellen, und macht den Badenden schwarz statt weiß, in großer Masse schwimmt das merkwürdige Wasserphänomen, der Seestern, *medusa aurita* darin umher, der aus der Ferne einer kleinen platten Muschel gleicht, in der Nähe eine weißliche Gallertmasse zeigt mit dunklem Mittelpunkte. Dieser kleine, wunderliche Teller ist ein lebendiges Wesen, was sich selbst befruchtet, ein abgeschlossener Staat, der millionenfach in der Ostsee schwimmt.

Es war gegen Abend, als wir den Leuchtthurm dicht vor uns sahen; der Himmel hatte sich bedeckt, die Sonne ging roth unter, wir stiegen aus, und traten an die nördlichste Spitze Deutschlands; vor einigen Jahren war ich an der südlichsten, bei'm adriatischen Meere gewesen , wie viel Schicksal lag dazwischen, Schicksal, was mich seitdem betroffen, Schicksal aller der Länder vom Rügener bis zum halbdeutschen Dalmatier. Von Rügen bis Triest, von Riga bis Straßburg und Genf wird deutsch gesprochen – wahrlich, der Burschenschaftstraum war als Traum ein artiger, daß eine Macht erweckt werden möge, so weit die deutsche Zunge klingt, wir wären auch politisch das Herz von Europa, wie wir der Magen sind, der Alles verarbeiten muß, was der lüsterne Mund Frankreichs und die langen Arme Englands bringen.

Aber die Geschichte nimmt keine Rücksicht auf sanguinische Combinationen, die Macht der Völkerschaft ist nicht mehr ihr Typus, der Staatsbegriff ist ein anderer worden, und just die gemischten Staaten haben sich herausgestellt, als die von der Geschichte begünstigten. Und wie abgelöst von Deutschland ist mehr und mehr der Staat, aus welchem Jahrhunderte lang unsere Kaiser kamen, wie bildet sich die Herrsch- und Kulturaufgabe Oesterreichs immer mehr dahin aus, den gemischten Bereich hinab an der Landkarte zu bilden und zu regieren! Aber wenn die Politik, wie es sich jetzt ankündigt, eine total andere Wendung nimmt, wenn die jetzt mehr und mehr lallenden Fragen der letzten Zeit von ganz andern ersetzt sind, da kann der deutsche Norden eine Herrschbestimmung gewinnen, wie sie den hochgewachsenen Nordländern immer bestimmt gewesen scheint. Der Norden, mäßig und karg im Genießen und in den Sinnen dafür, nüchtern und besonnen, billig und stark, ist zum Herrschen berufen, er hat Rom zweimal gestürzt, die Imperatoren und die Päpste, er hat Napoleon gestürzt, er ist noch heute stark und muthig in seiner dünnen, kühlen Luft. Die Schweden und Dänen haben ihre Zeit gehabt, und sie nicht dauernd benutzen können; der Boden, auf dem ich bei Arkona stand, hat ihnen Jahrhunderte lang gehört, jetzt sind sie Povinzialstädte geworden unter den europäischen Mächten. Schweden verarmt und verkümmert immer tiefer in Haferbrot und Kälte, der Nordpol ist sein immer näher rückender Feind – aber Norddeutschland, was eigentlich noch nie kompakt in der Geschichte aufgetreten ist, hat noch eine große Zukunft. Wie kräftig sind seine Versuche mit Kultur, mit Friedrich dem Großen, mit Blücher gewesen – wir haben noch Gußeisen genug zu neuen Statuen. Süddeutschland hat seine Hohenstaufen, seinen Schiller und Uhland gehabt, ist reich aber nicht mächtig.

Treten Sie nicht so nahe an den Strand, der Boden bröckelt – dieß Nordkap Deutschlands fällt ebenfalls nicht so imponirend ab, als man's zu beschreiben pflegt: es ist allerdings eine Bergspitze, aber nur in der mäßigen kleinen Weise, wie alles Derartige auf Rügen, es ist auch kein stolzer Fels, an dem sich die Brandung bräche, sondern ein Geröll aus Lehm und Erde, am Fuße sind Steine, und wenn das

Meer ruhig ist, spielt es nur an diese heran und bedeckt sie nur zuweilen mit einer Sprungwelle. Wahrscheinlich lös't es auch von Jahr zu Jahr ein wenig vom Boden, die runden beras'ten Filzkegel, die noch von der Jaromarsburg übrig sind, mögen eben so durch Meer und Wetter verloren haben, und in Rechnung auf das gefräßige Meer und den nachgiebigen Boden hat man auch den Leuchtthurm eine Strecke zurück erbaut.

Solch ein Leuchtthurm ist ein kostspielig Möbel; eine Meerbeleuchtung, die Meilen weit gesehen werden muß, hat ihre Schwierigkeit. In alter Zeit, wo das Holz noch wohlfeil war, machte man dies Geschäft mit Holzstößen ab; unterhielt doch mancher Rittersmann, dem die dicken Forste zu Gebote standen, allnächtlich auf seiner Burg eine Feuerwacht. Jetzt werden die Leuchtthürme ganz modern versehen mit saubern Oellampen, deren Schein von einem dreifachen Kranze blankschimmernder Kupferkessel zurückprallt, und das sauberste Licht gewährt. Wir sahen in dem verglas'ten obersten Raume des Thurms dem Anzünden zu, bewunderten die rein gehaltenen, glänzend polirten Geschirre, und ließen uns durch den knochigen, kurz gebundnen Pommer erzählen von den Schiffen, die zu Sturmeszeit in wilden Nächten aus der See herauf um Hülfe donnerten. Der Mann hatte Ordenszeichen und Medaillen, besonders von den Schweden, denen er mehrere bedrängte Schiffe gerettet hatte. Er versprach uns zur Nacht einen soliden Sturm.

In schmalen Stübchen wurden wir eingeschachtelt wie auf dem Schiffe, und noch waren wir nicht eingeschlafen, da erwachten draußen die Wetter, und spielten auf in allen Tonarten.

Ich suchte mir eine Lucke zum Hinausblicken, und dankte Gott, daß ich ein Schriftsteller und kein Leuchtthürmer sei, der hinaushorchen muß, ob ein Nothschuß mit den Winden kommen werde. Schwarz kam das Meer aus der Finsterniß in den bleichen Lichtschimmer hereingestürzt, welchen der Leuchtthurm auf die nächste Tiefe machte; daß es unten in der Tiefe lag und bäumte, gischte und tobte, erhöhte noch das Unbehagen, wenn man sich zu Boot hinein genöthigt dachte.

Der Siebenbürgner machte die triviale und doch in vieler Weise richtige Bemerkung, Uebung thue Alles, und huschte sich tiefer in die Bettdecke, um den Sturm nicht heulen zu hören, und die Erschütterung des Thurms weniger zu empfinden.

Uebung gebiert auch den Muth der Gewohnheit, und der Siebenbürgner ward auch durch Uebung täglich furchtsamer.

Mögt Ihr Russen-, Schweden- und Dänenfahrer Gott befohlen sein da draußen in der peitschenden Meeresnacht, sprach ich am Ende auch, ich kann nichts thun, als Euer Geschick beschreiben, wenn Ihr eins erlebt oder nicht erlebt. So auf dem egoistischen Standpunkte rücken sich die Menschen Tag um Tag weiter, was Gutes davon abfällt, kommt von den Besten in unbesprochner Stille, übrigens waltet für die Indolenten der bequeme Glaube an eine wohl administrirende Weltordnung, und so lassen sie's gehn, und suchen ihre Bequemlichkeit.

Wir haben auch gut geschlafen, und als wir zum Sonnenaufgang geweckt wurden, war Alles vorbei, und wir hörten's eben mit an, daß ein Sturm gewesen sei, wie wir's in den Zeitungen lesen. Die Menschen können sich nur an sehr einzelnen Punkten der Geschichte bemächtigen, die sie selber mit erleben, ja machen helfen.

Den Lesern wird hier die Beschreibung eines Sonnenaufganges erlassen, den sie in jedem leidlichen Romane nachlesen können. Gewöhnlich geht die Sonne in den Romanen stets interessant auf – wir fuhren durch die vom nächtlichen Regen eingewässerten Wege eiligst zurück nach der Schabe. Da ich eben Altenkirchen in der Ferne liegen sehe, so sei noch erwähnt, daß hier am Strande von Wittow die berühmten Uferpredigten gehalten werden, in welche Kosegarten so viel Schwung gebracht hat. Der Häringsfang nämlich drängt sich auf wenige Tage zusammen, und die Leute wohnen da ganz und gar am Strande, und haben auch keine Zeit in die Kirche zu kommen. Die Kirche nimmt dann ein Einsehen und kommt zu ihnen; eine gute Kirche hat, man mag sagen was man will, immer die beste Lebensart. Der Herr Pastor kommt an den Strand – die Häringe warten das Stündchen, um dann gefangen zu werden – und predigt unter freiem Himmel, Angesichts des Meeres und der Häringe.

Das mag sehr gut sein, und liegt auch auf der andern Seite; aber wenn man die Schabe an einem rauhen Herbstmorgen, in dessen Backen noch kleine Regenwetter nisten, auf einem offenherzigen

Holsteiner Wagen zum zweitenmale passirt, da wird Einem diese Naturmerkwürdigkeit allgemach unbequem und langweilig.

Endlich waren wir wieder auf Jasmund, und die Sonne brach auch wieder durch – über kleine Hügel und Thäler gings weiter, wir kamen in den lichten, grünen Wald der Stubnitz, und hofften bald Stubbenkammer und unsre Mecklenburgerinnen zu sehen. Wir hatten kein Glück mit Mecklenburg: mitten in unserm hoffnungs- reichen Morgenliede rollten die Wagen mit Mecklenburgs Stolze an uns vorüber, verschlafen und melancholisch grüßte Coeur- und Pique-Dame, besonders Coeurdame; ein ganz niedliches Gedicht mit schmollenden Vorwürfen lag auf ihrem Antlitze. Wir bildeten uns natürlich ein, es gälte uns, denn wo sich junge Männer und Mädchen begegnen, da findet auch sogleich ein officielles Verhält- niß statt, wie Studenten überall Brüder finden, Officiere überall Kameraden, Referendarien überall Referendarien.

Nun werden die Leute sagen, wenn uns Stubbenkammer nicht gefällt, Coeurdame aus Mecklenburg sei schuld – Stubbenkammer hat uns aber gerade zum Possen sehr gut gefallen, der schöne Wald geht bis an den Abhang des Strandes, der hier, wenn auch nicht hoch, doch steil und zu wirklichem Kreidematerial verdichtet ist. Aus dieser grünen Waldshöhe sieht es sich prächtig in's Meer hin- aus. Die Waldpartie ist hier auch artig kultivirt, und ein ge- schmackvoll Wirthshaus, wo Coeur Dame übernachtet hatte, liegt lockend in der Mitte.

Der Sachse erkundigte sich, und trank auf ihre Gesundheit; die Sachsen bleiben die höflichsten Deutschen.

Lauter lichtgrün schöner Wald ist diese Stubnitz, und da die Son- nenstrahlen den ganzen Tag über durchtändelten, so sprangen und sangen wir lustig darin umher.

Hier, unweit der Stubbenkammer, liegt die in allen Geschichts- kompendien erwähnte Herthaburg und der Herthasee, von wel- chem Tacitus erzählt, wie der Herr Conrektor in Groß-Glogau versi- cherte.

Es ist ein schlimmer, schlimmer Punkt, diese Burg und dieser See, und er hat schon viel Kummer gebracht: Germanisch oder wen- disch, Tempel oder Burg, Natur oder Kunst? Das sind die Fragen.

Vergessen wir einen Augenblick dies schwere historische Problem, – ich fürchte auch, wir lösen's nicht – und sehen wir uns unbefangen um. Es ist ein schmaler, ziemlich hoher Damm, den die officiellen Beschreibungen durchschnittlich zu achtzig bis hundert Fuß, ja an einigen Stellen zu zweihundert Fuß angeben. Besonders hoch erscheint er Einem eben nicht, der ringsum gelagerte Forst mag wohl zur Verkleinerung beitragen. Die Form dieses Dammes oder Walles ist ungefähr eiförmig, und plattet sich nach einer Seite tief ab, an dieser Seite schließt sich der See an, kreisrund, wie man sagt unendlich tief, kohlschwarz.

Wir wollten unsre frevlen Gebeine in diesem heiligen Wasser baden, aber es war uns zu kalt – dies soll nun der See sein, welcher schauerlich einsam, todtenstill von Buchen und Schilf umsäumt, wie ein Gewässer der Unterwelt tief im Walde ruht, von welchem Tacitus erzählt wie folgt:

> Auf einer Insel des Oceans ist ein heiliger Hain, und es ist nur den Pristern gestattet, den darin stehenden heiligen Wagen zu berühren, welcher mit einem Gewande bedeckt ist. Wenn dieser Priester die Gegenwart der Göttin im Heiligthume wahrnimmt, und darauf ihrem von Kühen gezogenen Wagen nachfolgt, dann gibt es frohe Tage und Feste an den Orten, die ihrer Gegenwart geweiht sind. Kein Krieg wird geführt, keine Waffe erhoben, alle Eisenwehr ist verwahrt, nur dann sind Friede und Ruhe bekannt und geliebt, bis eben der Priester die Göttin, satt vom Umgange mit Sterblichen, dem Tempel wiedergiebt, dann werden Wagen und Gewänder, ja die Gottheit selbst, wenn man dies glauben will, in einem verborgenen See abgewaschen, und derselbe See verschlingt die Sklaven, welche diesen Dienst verrichtet haben.

Also Tacitus, den Herr v. Schönholz einen römischen Heerführer und Schriftsteller nennt, der uns aber nur bekannt ist als ein vorsichtiger Senator, welcher mit Heerführern nichts zu schaffen hatte, sondern, außen demüthig und fügsam gegen die römischen Despoten, nur in der Stille seines Gemaches gegen sie schrieb. Dazu wählte er besonders eine Schilderung Germaniens, weil ihm die Zustände dieses Landes das beste versteckte Paroli gegen die römischen abgaben, und bei dieser Gelegenheit hat er auch vorstehende Mittheilung gemacht, welche auf die Stubnitz in Rügen bezogen wird.

Ist der Herthadienst hier wirklich gefeiert worden, so ginge dies beinahe zweitausend Jahr zurück, und findet sich nicht durch Ausgrabungen ein Dokument, so müssen wir äußere Beweise aufgeben. Der Wall nämlich hat wohl mehrmals gewechselt, er ist nicht einmal ein alter, noch weniger ein uralter Buchenhain, einem bloßen Erdwalle, wie der vorliegende, was kann dem in ein Paar tausend Jahren begegnen, und das Wasser ist stumm.

Uebrigens macht der See einen bei Weitem tieferen und geheimnisvolleren Eindruck in seiner schwarzen, schweigenden Rundung, die mysteriös und todt wie das Alterthum daliegt. Vom Walle gewinnt man auch keinen so heraustretenden Anblick, da die behenden jüngeren Buchen an vielen Orten hinan und hinauf streben.

Die Rügener haben ihn immer den »Borgwall« genannt, darauf ist aber kein Nachdruck zu legen, da sie alles Aehnliche so nennen, deßhalb könnte es immer noch eine Tempelwehr sein, wofür unsre antiquarische Liebhaberei durchaus gestimmt ist. Der innere Raum ist hundert Schritte lang und zweiundvierzig breit, und drängt an einer Seite auch wirklich ein Stück in den Damm, so daß der Raum für einen Tempel damit gegeben sein könnte.

In aller Weise war dies derjenige Ort, welcher uns in seiner absonderlichen Einsamkeit und Originalität zum ersten Male die frivole Anschauung vertrieb, welche uns bei diesen meist kleinen, von Reisebeschreibern sehr übertriebenen Dingen nicht verlassen hatte, der Ort, welcher uns eine sinnende Geschichtsstimmung aufnöthigte, welchen wir ernst und gedankenvoll verließen.

In Sagard, wohin wir jetzt wieder zurückkehrten, verließ ich meine Reisegenossen, und wünschte dem Siebenbürg'ner statt einer glücklichen Reise die beste Courage. Gott sieht aufs Herz, Freund, nicht auf die Orthographie, und ich fuhr nun allein die schmale Haide entlang an der Granitzgrenze hin nach Putbus zurück. Die schmale Haide ist eine etwas breitere Landenge als die Schabe zwischen dem untern Theile des Boddens und dem Meere. Der Kutscher mußte noch ein Stück in die Granitzforsten einlenken, und erquickt von Wald und Luft kam ich gegen Abend in das todesstille, weiße Putbus.

Rasch eilte ich nach dem Stranddorfe hinab, um nach dem Schiffer Ulrich zu fragen, der auf mich gewartet hatte, nach dem Winde, der nicht zu warten pflegt. Ulrich stand auf seinem Schooner, und sah sehr mürrisch aus, er begriff nicht, wie man bei so vortrefflichem Nordost, wie gemacht nach Swinemünde, mehrere Tage lang auf der Insel herumlaufen könne – solch'n Nordost – ohst zu sprechen – krieg ich mein Lebtag nicht wieder.

Es flatterte ein flauer Südwind; dennoch ward beschlossen, am andern Morgen zeitig in See zu gehn. Erich, der zweite Schiffer, welcher dem Besitzer des Schooners, dem kurzstämmigen Ulrich zur Hand war, versprach, den lieben Herrgott die Nacht über fleißig zu bitten.

Beim Abendessen in Putbus fand ich einen hohen, breitschultrigen Herrn, der sehr gesprächig war. Nebenher war er neugierig und offenherzig, und ich wußte bald, daß ich's mit einem Mecklenburg'schen Edelmann zu thun hatte, der die preußische Staatszeitung läse, den Revolutionskrieg in der Champagne mitgemacht und bei dieser Gelegenheit sechs Wochen lang Kleider und Stiefel nicht vom Leibe gekriegt, noch weniger ein Bett gesehen habe, daß er übrigens nicht Erfinder des Schießpulvers noch weniger der Buchdruckerkunst, sonst aber ein wackrer Mann sei. Mit den Zollgesetzen und dem ganzen Laufe der Politik war er unzufrieden, aber das geschah blos der Unterhaltung wegen, sein eigentlich merkwürdiger Mittelpunkt lag darin: er war im Interesse des Adels und des Bestehenden aufgezogen, das war seine ursprüngliche Natur, in den langen Jahren, die er mitgelebt, in den langen Zeitungen, die er mit gelesen, war aber so viel Neues über ihn gerathen, und das Ordinairste hatte sich so harmlos wie eine dichte Masse von Redensart und Folgerung über ihn gelegt, daß sein Gespräch wie eine Guitarre klang, die auf Moll gestimmt und in Dur begleitet wurde. Er schwärmte für's Manifest des Herzogs von Braunschweig und tadelte die jetzigen Regierungen, daß sie Bücher verböten, wie ein Bonapartist, der die Continentalsperre eifrig vertheidigte, seinen

Kaffee aber über London bezog und seiner Frau zum Oefteren ostindische Stoffe schenkte.

Diese Unterhaltungspolitiker sind die gefährlichsten Feinde des Bestehenden; der Ernst, auch der verwerfliche, bekräftigt, die Salbaderei, auch die gutmüthige, schwächt.

Wir freuten uns sehr, einander kennen gelernt zu haben – ich heiße von – –, und habe die Ehre gehabt, mit Herrn von – ?

Es that mir leid, ihm nicht dienen zu können; wir schieden noch höflicher, als wir angesetzt hatten, und ich fürchte, sein Schlaf ist nicht so gut gewesen als der meinige, denn er hatte sehr viel gegessen.

9. Die Seefahrt

In stiller, durch keinen Applaus beleidigter Pracht leuchteten noch die Sterne, als ich zum Strande hinabschritt, um mich dem Meere anzuvertrauen. Die Luft war ruhig, um so unruhiger war Ulrich, Erich's Beten hatte nichts geholfen: wir puhsteten uns langsam aus der Bucht heran hinter den Vilm, und hofften auf die Zukunft, was bekanntlich die Menschen immer thun, wenn sie nichts Besseres thun wollen oder können. Drei Viertheile der kouranten Hoffnung sind nichts als wackre Trägheit, die Wenigsten hoffen mit Kraft und Nachdruck, nachdem sie das Ihrige gethan, um dafür berechtigt zu sein.

Außer den beiden Schiffern und mir fand sich noch ein kleines Männchen im Schiffe vor, das war ein Uhrmacher, der einen grün karirten Schlafrock und ein grün gesticktes Mützchen trug. Der Schlafrock war sehr lang, länger als der Uhrmacher, und ganz zugeknöpft; vorn auf den Beinen hatte er zwei Taschen, in welchen sich stets die Hände des kleinen Mannes aufhielten, wenn er sie nicht nothwendig zum Feuerschlagen oder zum Schneuzen brauchte. Denn er rauchte Tabak und hatte den Schnupfen. Als wir abfuhren, nahm er zärtlich Abschied von einem kleinen Hunde und beiläufig von einer Frauensperson, die allem Ermessen nach seine junge Ehehälfte war, dann sang er ein aufrührerisches Lied mit einigen irrthümlichen Ausdrücken, producirte starke Rauchwolken, und versprach den Schiffern Wind zu machen, kurz er war sehr guter Dinge, und außerdem aus Potsdam gebürtig. Dies sagte er mir nebenher, und in Putbus sei er jetzt etablirt, wo es ihm sehr fidel gehe. In diesem Augenblicke mache er eine Besuchsreise, und zwar diesmal zu Schiffe, weil sich's damit schneller abmachen ließe; zu Lande sei er schon weit herum gewesen in der Welt, in Crossen unweit der schlesischen Grenze, und in Torgau bei Leipzig.

Ich machte ihn aufmerksam, daß es vielleicht sehr langsam ging, weil wir schlechten Wind hätten, und daß es auf der See auch gefährlich werden könnte. –

Pah – larifai, ich habe Viel mitgemacht und immer Glück gehabt, ich trinke Abends meine drei Boddellen Bier, und spüre nichts – das ist paperlapap mit der See. –

Ulrich lächelte zum ersten Male.

Des kleinen Uhrmachers Stimmung hielt auch nicht lange an, es kamen einige Windstöße, das Schifflein schwankte, und das Tabakrauchen des Uhrmachers wurde blöder, kopfschüttelnd wurde endlich gar die Pfeife bei Seit gestellt, und unter steter Versicherung, daß ihm dergleichen unerklärlich sei, stolperte der erblassende Held bei Seite und that das Gebräuchliche.

Die Windstöße waren den Schiffern eben noch bedenklicher, Ulrich kratzte sich in den Haaren, und der alte Erich zog seine schwarze Pelzmütze tief über die Ohren, faltete die groben Hände und bewegte die Lippen wie ein Italiener, welcher eiligst etwas von der Frau von Loretto zu wünschen hat. Die Besorgniß wurde denn auch schnell wahr – klatsch fiel das Segel zusammen, und wedelte passiv um den Mastbaum, wir hatten totale Windstille, und lagen unbeweglich auf einem Flecke. Die Sonne schien mild und warm, der grün belaubte Vilm, das weiße Putbus sahen unverrückt auf uns her, wir waren noch mitten im Rügenschen Busen, und es war bereits Mittags. Der Uhrmacher war todt, die Schiffer krochen in die kleine Kajüte, um Kartoffeln zu kochen, das Schöpsenfleisch, was sie aus Rügen mitgenommen hatten, sollte noch nicht angegriffen werden, ich saß in stiller Mittagseinsamkeit auf dem Vordertheil des Schooners, und sah in's dunkle Wasser hinab: Geheimnißvoll lockte es mit seiner Tiefe, all die Geschichten von Wasserfeen summten wie singende Mittagswärme in meinem Kopfe, bis die Kleider fielen, ich sprang hinab in das lockende Element.

Aber ach, es gibt keine Feen mehr, wenigstens mochten sie nichts mit einem Reisenden zu thun haben, der beim Haloren schwimmen gelernt hatte. Heutiges Tages muß man ersaufen, um mit den Wassergöttern in Berührung zu kommen.

Als Ulrich meines Treibens inne wurde, erhob er ein groß Geschrei und lief nach einem Taue – »wenn der Wind sich erhebt, sind sie verloren, Herr, wir erreichen Sie gar nicht, oder nicht eher, als bis Ihnen Hören und Sehen und Schwimmen vergangen ist. –«

Man kann auf offenem Meere auch bei Grabes-Windstille nicht ohne Tau baden, ohne das Aeußerste zu riskiren. Die Wellen und kleine Strömungen schaukelten uns nach der Küste von Mönchgut hin, ein Frauenzimmer saß am Strande, und winkte mit einer dunklen Flagge – Gott steh uns bei, Unglück über Unglück, das ist die alte Fretten, die auf ihren versoffenen Liebsten wartet, heiliger Jakob, habe ein Einsehn mit uns!

Erich bewegte noch lebhafter die trocknen Lippen, und ich erhielt mit Mühe die nöthige Auskunft. Die alte Fretten nämlich war vor vielen Jahren ein sehr schönes Mädchen gewesen, und hatte einen Liebsten gehabt, der sich durch Geschicklichkeit und Wildheit vor allen Mönchgutern ausgezeichnet. Weil er aber in seiner Wildheit tolle Streiche machte, und zu viel Branntwein trank, so waren die Eltern des schönen Mädchens gegen die Heurath, und nöthigten die arme Tochter, ihre Schürze auszuhängen, um die Freite anzukündigen. Um dieselbe Zeit war der wilde Liebste auf einer Fahrt nach Bornholm begriffen, und konnte nicht am Hause vorübergehn – so wurde denn der kleine Fretten ihr Mann, der ein stilles, manierliches Ansehn hatte, aber ein Schleicher und Duckmäuser war. Von da an sei es schon mit dem Mädchen nicht recht richtig gewesen, und wie nun gar die Nachricht eingetroffen, daß der wilde Hans auf der See zu Grunde gegangen, da habe sie kein vernünftig Wort mehr geredet.

Das ist dreißig Jahre her, setzte Erich hinzu, ich ging gerade damals zum ersten mal 'naus in die spanische See, und so oft ich wieder nach Rügen komme, und 's scheint die Sonne, da seh ich die Fretten, die mit Ihrer Schürze winkt, und das bringt mir jedesmal Unglück, der Teufel hol' die – Gott verzeih mir die Sünde, und schenk uns en Betchen (Bischen) Nordohst!

Erich wurde wieder andächtig, und wirklich wachte auch der Wind ein Wenig auf, und wir trieben wieder in die See hinaus.

Die alte Fretten mit ihrer traurigen Flagge war aber noch lange zu sehn – 's geht eben mit Liebe und Heurath unter den patriarchalischen Mönchgutern um kein Haar besser, wie bei den ersten, besten Geheimenraths, man will die Kinder mit Gewalt gut unterbringen, und läßt zwei Armeen gegen einander operiren, Verstand und Herz, wo die letztere nicht die kleinste Waffe hat, um die erstere einen Ritz tief zu verwunden. Die Natur hilft sich dann auch hier gewaltsam, und nimmt dem besiegten Theile auch das Restchen Verstand noch, was Bewußtsein der Niederlage bringen könnte, der

Blödsinn rettet wie der Tod, er ist ein böses Gewissen für gewaltsame Eltern.

Arme Fretten, der Hans liegt tief, und Du siehst obenein nach einer falschen Seite, da drüben vom andern Strande aus geht's nach Bornholm.

Gott sei Dank, nun sehen wir die alte Fretten nicht mehr, sagte Erich, und der Wind – pft, pft.

Die Schiffer loben niemals den Wind, um ihn nicht zu erschrecken. Der Wind war etwas lebendiger geworden, aber freilich noch kontrair, wie sie's nennen. Man glaubt indessen nicht, wie ökonomisch und geschickt der Seehfahrer allen Wind zu benützen versteht, er wirft die Segel rechts und links und manövrirt so geschickt damit, bis er den kleinen oft einzigen Punkt gefangen hat, der nach seiner Richtung treibt, er schneidet ihn scharf zu seinem Besten wie mit einem Messer.

Es geht mit den Schifffahrtsangelegenheiten wie mit der Liebe; alle Beschreibung hilft wenig oder nicht zur Kenntniß, die flüchtigste eigene Betheiligung darin hilft mehr als die Lektüre von zwanzig Büchern. Wie viel Seeromane hat man lesen müssen, wo oft das Schicksal der Helden von Backbord- oder Steuerbordseite, von Bramsegel oder Topsegel abhängt, man überläßt das dem Autor, der es verstehen muß.

Wir kamen bei dem steten Südwinde wenig von der Stelle, und konnten namentlich die Meeresfluth zwischen Ruden und der Oie nicht gewinnen, sondern wurden immer noch westlich von Ruden getrieben. Darüber verging die Zeit, es war später Nachmittag, und ich hatte nichts zu essen, Erich wollte durchaus noch nicht an's Kochen des Schöpsenfleisches gehn, und eröffnete mit der Besorgniß, daß es uns noch nöthiger sein werde, die traurigste Perspektive. Der kleine Uhrmacher, welcher kleinlaut geworden war, fühlte keinen Beruf, mir von einem Paket kalter und zerbröckelter Beefsteaks mitzutheilen, die er bei sich führte, und von den er üblen Appetites wegen nur wenig genießen konnte. Ich bot große Summen für ein Brot, aber das Geld hatte wenig Werth bei der drohenden Hungersgefahr, es ward mir nur schnittweise die karge Nahrung zugestanden, und das Verhältniß wurde unbequem. Ein Bäcker- oder Fleischladen in der Nähe wäre mir viel erwünschter gewesen, als

Erichs's Erzählung von der spanischen See, mit der er mich bei Gelegenheit des Hungers regalirte. Wenn man den Fuß hinein steckte, berichtete er, so klebte ein Teller voll Salz dran, das in einer Minute am Sonnenschein getrocknet war.

Zur Hungersnoth gesellte sich bald auch andre Noth: der Wind erhob sich voll und ruckweise bald von dieser, bald von jener Seite, der Uhrmacher seufzte aus der Kajüte vernehmlich, denn der Schooner machte sehr störsame, fatale Bewegungen, Erich mußte die Segel bald hierhin, bald dorthin werfen, der lange, magre Alte mit der kurzen Jacke machte ein kläglich Gesicht, und seine Lippen fingen während der heftigen Arbeit das alte Geschäft an, selbst Ulrich sah sich unruhig und besorgt nach dem aufsteigenden Meere um.

Ulrich war der Besitzer des Schooners, bewies sich aber in aller folgenden Fährlichkeit kaltblütiger und gefaßter als Erich, der zweimal reicher Schiffsherr gewesen war, und zweimal allen Besitz verloren hatte, so daß er jetzt gelegentliche Matrosendienste verrichten mußte. Das zweite Mal war ihm während der Kontinentalsperre sein Fahrzeug, aus der spanischen See kommend – den Meerbusen von Biscaya nannte er so – von den Engländern genommen worden, er nannte deßhalb diese stolze Nation nicht anders als »Spitzbuben«. Der Gebrannte scheut das Feuer; obwohl keine Engländer in der Nähe und in dieser Weise nichts zu fürchten war, zeigte er doch lebhafte Besorgnis vor dem herannahenden Sturme, und der heilige Jacob oder Jago, wie er variirte, den er sich aus der spanischen See angewöhnt hatte, fiel hundertmal von seinen Lippen. –

Auf einem so unsichern Elemente, wie das Meer ist, blüht der Aberglaube, wie der niemals ausbleibt, wo man ganz dem Glück und Zufall preisgegeben ist. Waghalsige Krieger, Spieler, Schiffer werden diese freie Poesie der Götterwelt nie aussterben lassen; auch diese nüchternen, protestantischen Nordländer haben ihr gut Theil: Erich hatte heimischen und auswärtigen durcheinander, um seine Reisen nicht zu vergessen; der ernste Ulrich hatte auch seinen, und verwies mir's ernstlich, wenn ich den Wind schelten wollte. Wenigstens sollte ich es leise thun; ich stärkte mich statt am Schöpsenfleische an einem verwandten Irländischen Bull, über den auch Ulrich lachte, obwohl er ihn in seiner Weise eben ganz und gar kopirte und mich darauf gebracht hatte: ein Irländer treibt Schweine nach Cork und es begegnet ihm ein Bekannter; geht's nach Cork? fragt dieser – nein, nach Limerik! schreit der Treiber, und leise setzt er hinzu: Freilich geht's nach Cork, aber wenn ich's diesen eigensinnigen Rackern sage, so gehen sie schon darum nach Limerik.

Und die Winde haben doch wohl noch feinere Ohren als Schweine.

Sie wurden immer unbändiger, die Schwenkung links hinüber nach Swinemünde zu gewinnen, ward ganz unmöglich, und es wurde Schiffsrath gehalten, woran nur der Uhrmacher als stimmunfähig ausgeschlossen blieb, ob wir blos die Schutzseite von Ruden, oder die Bucht von Wolgast suchen sollten, um dem stets ungestümer heraufwühlenden Sturme auszuweichen.

Der Nahrungsmittel wegen stimmte ich für Wolgast, und Erich, um sein Schöpsenfleisch zu sparen, stimmte mir halb unentschlossen bei, aber der Wind kam mit Courierpferden, wir mußten Hals über Kopf das nähere Ruden zu gewinnen suchen. Die Aussicht auf Speis' und Trank fiel dadurch freilich unter Null, und ich war nicht besonders auf das unwirthliche Meer zu sprechen: ein Boot nämlich besaßen wir nicht, und der Schooner konnte, auch wenn wir das Eiland glücklich erreichten, nicht bis dicht an den Strand, weil dafür das Fahrwasser nicht ausreichte.

Lange schon hatten wir ein kleines Fahrzeug in der Ferne kämpfen sehn, jetzt ward es deutlicher, wir erkannten einen Logger, und sahen, daß er ebenfalls den dürftigen Schutz unter dem Ruden suchen möchte. Die Schiffer kennen sich mit ihren luft- und wasserklaren Augen auf außerordentliche Strecken, und wie die Fuhrleute einander am weißen Vorderfuß des Pferdes, am schnellem oder langsamem Vorrücken unterscheiden, so wissen diese auf dem Meere alle kleinen Bewegungsnüancen der Fahrzeuge, ob es flach oder tief segelt, wie sich's im Winde hält und dergleichen, kurz Ulrich erkannte den Logger genau, eh' ich die Umrisse ordentlich zusammensetzen konnte. 's ist der lüderliche Störte, sagte er mir zum Trost, er lungert nach Seegras herum, und der hat ein Boot, was Sie landen kann.

Die ärmeren Leser mögen sich der unsanften Seegrasmatratzen erinnern, welche eigentlich für Klosterzellen erfunden sind, wo man das Fleisch kasteit. Die Bekanntschaft derselben ist am Mannigfaltigsten in der Berliner Hausvoigtei zu machen, wo sie in allen Spielarten von Berg und Thal vorkommen, und mit Gestöhn und Fluchen vertraut sind. Die Heimath dieser Aschenbrödel, welche so verkannt und gemißhandelt werden, sah ich vor mir, Störte war einer von den merkwürdigen Schlafsorgern vom nordöstlichen Deutschland. Tief in's Binnenland dringt diese Seegraserfindung nicht. –

Aber das gab noch Wogen und Sprühregen und Arbeit, eh' wir dem Logger unser Verlangen zurufen konnten. Sieht man die rohesten Fuhrleute bei schlimmem Wege und schlimmem Wetter aufopfernd gefällig gegen den Hilfsbedürftigen, dem ein Riemen gerissen, die Deichsel zerbrochen oder so etwas Hinderliches begegnet ist, sieht man diese Gattung, welche aus Wagenpech und Stricken zusammengeknetet scheint, bei solcher Gelegenheit wirklich ein eigentliches Objekt respektiren, eines kleinen Opfers fähig, so kann man dies in noch viel bedeutenderer Art bei Schiffern finden. Ihr gemeinschaftlicher Feind ist noch größer, sie sind mir in diesem Punkte wie eine Ordenskorporation vorgekommen, die sich zuversichtlich gegenseits in Anspruch nimmt, und gegenseits diese Ansprüche erfüllt. Ulrich und Störte schienen keine besondern Freunde zu sein, aber Störte setzte auf den durch Wind und Gebrause kümmerlich zu ihm dringenden Ruf ungesäumt sein kleines Boot aus, nachdem der Anker des Loggers gefaßt hatte, und arbeitete sich mit seinem kleinen Burschen wogauf, wogab mühselig zu uns heran. –

Harriadden, der Seeräuberkönig, Störtebeck, der rügensche Rinaldini, vielleicht ein Ahnherr Störte's, konnten nicht seeräubermäßiger aussehn, als dieser verwilderte Schiffer mit zerwühlten, groben Gesichtszügen und dem braunen Tabaksmaule. Die Schiffer riefen sich einige Plattdeutsche, nicht eben tröstliche Notizen über Meer und Sturm zu, der kleine Uhrmacher, welcher in seiner Kajütenangst Land gewittert hatte und vorgekrochen war, wurde mit in Störte's nassen Kahn gewälzt, wo ein nasses Brett die einzige trockne Stelle war, und so ging's dem Strande zu.

Ruden, ein kleines, steriles Eiland, an der breitesten Stelle etwa wie drei Berliner Straßen breit, ist eine ganz unfruchtbare, baumlose Dünenbank, auf welcher sich, zu unserm Glück, mehrere Menschen angesiedelt haben. Das sind eigentlich keine Menschen, sondern Lootsen, die nur ihres Amtes wegen, nicht weil es ihnen ein besonders romantisches Vergnügen macht, hier wohnen. Sie haben die Schiffe in die Häfen von Peenemünde, Wolgast, auch wohl noch weiter hinüber zu führen, und mitten unter ihnen ist zugleich ein Zollposten – zum Zöllner und Sünder dieser Kolonie, als der Hauptnotabilität, welcher zunächst ein Stück Fleisch zugetraut werden konnte, wateten wir durch den Dünensand.

Lieber, biblischer Patriarchalismus, den ich mir in diesen sechs Lootsenhäusern vorgestellt hatte, wie charakteristisch begrüßtest Du mich bei diesem Zöllner, der kein Sünder, sondern ein gutmütiger, braver Mann war.

In der Hausflur saß eine alte Hausfrau mit hellblauen, gläsernen Augen, und verspann Ziegenhaare; sie sah uns mit keinem Blicke an, fragte nichts, sprach nichts, sondern zündete auf des Mannes Geheiß ein Feuer an, um Eier und Kaffee für uns zu rüsten. Es fand sich ferner ein stattliches, blondes Mädchen, mit festen weiß und rothen Backen und festen weißen Armen, aber sie war eben so still und todt, nicht klosterstill, eine Stille, in der etwas begraben oder verborgen liegt, nein, ich möchte sagen: elementarisch still, als wenn der Schöpfungsfunke noch niemals da gewesen wäre. Diese weiblichen Wesen zogen wie gelbe Schatten hin und her, und der Uhrmacher, welcher moderne Forderungen an sie stellte, wie er im Wirthshause zu machen gewohnt war, Forderungen nach Wurst und Sauerkraut, nach einer Flasche Doppelbier, nach Salat und Apfelmus, sah' wie ein Skandal daneben aus.

Wie auf dem großen Schiffe war nur Pökelfleisch zu haben, dies Ruden ist auch ein mitten im Meere stationirtes Schiff, was sich mit seinen nothwendigen Ranzionen stets auf längere Zeit von Wolgast her versehen muß.

Item, ich saß mit dem Uhrmacher im kleinen Stübchen, und wir schnitten eben in's Pökelfleisch, der Kleine bekam allmählig sein Kourage wieder, da er Land unter sich fühlte, er nannte das Meer eine schlechte Tabagie, die er in seinem Leben nicht mehr besuchen würde – da stürzten ein Paar polternde Windrücke an die kleinen Fenster, der Uhrmacher sah mich wie ein Sünder an, und sein offner Mund wagte nicht, in's Pökelfleisch zu beißen, die Thür ward aufgerissen, und Störte stürzte wie ein Räuber herein, dem die Polizei auf der Ferse ist. Fort, fort, schrie er, wenn wir die Schiffe wiedersehen wollten, es bräche ein Orkan los. –

Ich fühlte gar keinen Beruf, selbigen Orkan in allen Nüancen auf unserm Schooner zu genießen, da ich diesen Genuß ohne weitere Unbequemlichkeit eben auch auf Ruden haben könnte. Aber der Uhrmacher konnte vor lauter Angst nicht eilig genug hinein kommen, ich kann doch nicht meinen Frack und meine gestreiften Hosen im Stiche lassen, rief er verzweiflungsreich, und stürzte davon, Pökelfleisch und Ruhe im Stiche lassend.

Mein sanfter Wirth, der gute Zöllner, sah kopfschüttelnd zu, und führte mich hinaus auf seine kleine Sandwarte, um mir den Aufruhr des Meeres zu zeigen, den blonden Weibern vorüber, die sich nicht im Geringsten darum kümmerten.

Die abgeschiedne gar so einfache, reizlose Existenz verdichtet sich über gewöhnlichen Menschen zu einem förmlichen Stumpfsinn, die rauhe, unproduktive Natur kommt mit keiner selbstständigen Zeitigung zu Hilfe, dergleichen dumpf hingehende, erstarrte Wesen mögen eine öftere Schattirung des Nordens sein.

Des Nordens – puff! diese kleine Schönheit Rügens weckte mir wieder den alten Glauben, die alte Antipathie auf: der Norden ist traurig, und es ist eine geschickte Uebereinkunft zum Besten der Nordländer, eine Phrasenverschwörung, von der Schönheit und Tüchtigkeit des Nordens zu reden. Es mag den Leuten gut und nöthig sein, auch dieser dürftigen Natur einen Reiz anzudichten, und diesen charakteristischen Reiz, den alles Wirkliche und Selbstständige hat, für etwas Absolutes auszugeben, Gott gebe, daß er ihnen nie zerstört werde.

Was ist Schönheit ohne Farbe, ohne voll und reich aufgehende Form? Bleich ist Luft und Himmel, wenn sie nicht grau sind, nur der magere Baum gedeiht mager, die Existenz ist ein steter Kampf – wo der Mensch lebt, ohne daß er zu schützen, zu sorgen braucht, wo er Alles vergessen kann, da ist eine schöne Erde, wo von außen die Anregung zur Freude kommt, nicht von innen hinausgebracht werden muß, da ist wirkliches, elastisches Leben.

Gott beschütze Euren Flanell, Eure Oefen und Ueberschuhe, all' Eure Mittel gegen erfrorene Ohren und Rheumatismus.

Die Dunkelheit fiel nieder auf das schwarze Meer, das mit donnerndem Geheule seine Wogenberge schleuderte, und den Schaum sprühte über die kleine Sandinsel; der Zöllner ging zurück und ich empfand ungestört die schwere Einsamkeit, welche ein tosendes Element bedrängte. Wer denken will und ahnen und kombiniren, der stelle sich Nachts auf einen kleinen, unsichern Sandhaufen mitten im Meere, wenn alle die Wasser in ihrer Entsetzlichkeit losgelassen sind, der trockene Sandfleck erscheint wie eine zufällige Laune des Meeres, die jeden Augenblick zurückgenommen sein könnte, unter dem elementarischen, alles Menschliche wie ein Nichts zerstörenden Lärmen, der eine Armee verschlingt, ohne daß ein deutlicher Klageton durch den Sturm bräche, unter dem Gebrülle eines bewußtlosen ungeheuern Stoffes schrumpft man zusammen, und die Seele verkümmert zu einem kleinen Lichtlein, was die niedrigste Welle auslöscht.

Nun erwachte dazu der Donner des Himmels, und fiel wie ein erschreckendes Paukengedröhn in das Gebrause, die Blitze kreuzten nicht zickzack und einzeln die schwarze Luft, sondern stürzten sich breit wie Feuerwolken in's Meer, über die weite See brannte fast ununterbrochen ein zuckender blaurother Feuerschein, und das vor Zorn gischende und schäumende Wasser sah wie ein besiegter Feind in diesem Lichte aus. Man glaubte überhaupt leicht, Feuer komme aus der Oberwelt, Wasser gehöre in die Unterwelt – wie einen schwarzen Punkt erblickt' ich zuweilen den kleinen Schooner, den das Meer auf und nieder schleuderte, den der Anker kaum halten mochte, und dahin hatte sich der kleine Uhrmacher gerettet, um einen Frack und ein Paar gestreifte Hosen bei der Hand zu haben.

Wie oft stürzen sich die Leute in größere Gefahr, um einer kleineren Angst zu entgehn, wie oft gebiert die Angst den Muth, oder die bornirte Liebe des Besitzes! –

– Ich saß darauf bei'm Zöllner in der Stube, die Blitze leuchteten uns, und der treuherzige Mann erzählte mir sein Leben – reise an den Nordpol, wenn Du einem Menschen begegnest, wird er Protektion brauchen können. Der Mann hat ein schlimmes Geschäft, er muß mit den Lootsen hinaus, wenn Schiffe kommen, um ihre Waare zu vermerken, und er wünschte manchen kleinen Wunsch, wie er jedem Menschen auch außer der Weihnachtszeit das Leben fristet, und ich war aus Berlin, dem preußischen Rom, von wo die Statthalter in die Provinzen gehn und die Zöllner besoldet werden. Ich hatte aber nur einen großen Chef, den er nicht kannte, und der ihm nichts helfen konnte, das Publikum. Dennoch erzählte er mir gutmüthig weiter, besonders vom Treiben auf der Ostsee, als die Franzosenzeit gewesen, von Diesem und jenem.

Die Weiber lebten in einem andern Winkel des Hauses wie eine gute Art Hausgeflügel.

10. Schill

»Es zog aus Berlin ein tapfrer Held!«

»Das Bett, in welchem Sie da liegen, sagte der Zöllner später, ist dasselbe, und es steht noch auf dem alten Flecke, wo Schill damals gelegen hat, als er hier in Ruden war mit seinem verwundeten Arm. O, das war ein hitziger Herr, um den es schade war; – ich hab' ihm manchmal den Arm verbunden!«

Was ist für hohes Gras über jene Zeit gewachsen, Schill in der schwarzen Husarenjacke ist nur hie und da noch auf einem Pfeifenkopfe zu sehn; es berührte mich wunderbar, hier in der Meer- und Sturmeseinsamkeit in solchen Bezug zu dem kühnen Partisan zu treten, der über den großen Geschichtsstrichen mehr und mehr vergessen wird.

Nicht einmal in unsre Jugend reicht er herein, da sein Leben noch ein Paar Jahre vor den russischen Feldzug zurückging, bis wohin höchstens unsre Kindeserinnerungen reichen. Aber die schwarzen Husaren, die Todtenköpfe, welche der Braunschweiger Herzog berühmt machte, galten uns immer für übermenschlich tapfer, und bei den schwarzen Husaren wurde denn Schill auch mitgenannt. Ein schwarzer Reiter mit einem Todtenkopfe sei er auch gewesen, so viel wußten wir. Noch weniger ahnten wir, daß er gar unser schlesischer Landsmann sei, im Jahr 1775 ist er in Schlesien geboren worden, und mit seinem Vater, der preußischer Obrist-Lieunant war, später nach Pommern gekommen.

Pommern war denn auch seine eigentliche Soldatenwiege und sein Soldatengrab.

Bei Jena ward er verwundet, kam nach Colberg, und unternahm von hier seine militairischen Streifzüge, die etwas so Romanhaftes an sich tragen, wie man's der soliden Provinz Pommern gar nicht ansehn sollte. Aber die Pommern sind einer der tapfersten Stämme, Tapferkeit ist Schwertpoesie und immer blutverwandt mit einer Gattung von Romantik. Mit zwei Dragonern von seinem Regimente begann Ferdinand von Schill seinen Privatkrieg gegen Napoleon. Der Kommandant von Colberg, dem für den Krieg die Romantik

weniger empfehlenswerth schien, ließ Schill's Mannschaft auch
nicht leicht über fünfzig bis sechzig Mann wachsen, damit schlug er
eine kleine Schlacht bei Neugardt, und nahm den General Victor
gefangen, der zur Auslösung Blüchers benutzt wurde.

Der Tilsiter Friede unterbrach seine streifende Ritterschaft. Die
preußische Regierung war nicht so betäubt von ihrem ungeheuren
Verluste, – das Wort Tilsit bedeutete den Verlust von halb Preußen
– daß sie nicht Schill gewürdigt und belohnt hätte: er bekam ein
Husarenregiment und sonstige Ehren.

Außerdem war er der norddeutsche Volksheld geworden, und
lebte in jungen Liedern, in den hoffnungsbedürftigen Herzen, auf
den Leierkasten, besonders in Berlin; hier hat er denn auch einen
Moment des Ruhmes erlebt, der ein ganzes Leben von Bestrebun-
gen aufwiegt – Ruhm ist ja immer nur ein Symptom von wenig
Punkten, der Hauch einer Atmosphäre, der nur in einzelnen Au-
genblicken genossen werden kann, darum existirt er nicht für grobe
Materialisten, welche Speisen vorzugsweise lieben, an welchen man
lange kaut, und von denen man lange satt bleibt. Jener Hauch, der
edle Naturen entzückt, wurde ihm, als er 1808 an der Spitze seines
Regimentes in Berlin einrückte; dieser Tag war der Glanzpunkt
seines Lebens. Obwohl man mitten im traurigen Frieden war, stürzte ihm doch Alles entgegen, Groß und Klein, Jung und Alt, Vor-
nehm und Gering, aus den Fenstern wehten die Flaggen der Weiber. Hoch lebe Schill! rief man von allen Seiten. Die Thränen der
Freude und Rührung, welche Ferdinand Schill damals weinte, sind
der größte Genuß, welchen sein Vaterland zahlen konnte; Thränen
sind ja immer das Höchste und Beste von Leid und Freude. Damals
fand man den Husarendegen in allen Salons, schöne Frauen, Officiere und Gesandte machten ihm den Hof, in schöne Seide gewi-
ckelt ward ihm der Lohn seines barschen Reiterlebens.

Als nun im Jahre 9 der schwere Krieg Oesterreichs mit Napoleon
ausbrach, hofften die Preußen, sie würden ebenfalls zu Kampf und
Auswetzen der jüngsten Scharte kommen, und er ward von Vielen
zu einer Expedition gedrängt, weil sie hofften, sein Losschlagen
werde eine Nothwendigkeit des allgemeinen Losschlagens werden.
»Schill muß fort, damit wir Alle fort müssen« war damals in Berlin
die Loosung.

Schill war bereit: statt zum Exerciren führte er sein Regiment in einem Zuge von Berlin bis über die Grenze. Man hat in dieser Aktion die Wirksamkeit des »Jugendbundes« sehen wollen, und so viel man auch jetzt seit einiger Zeit dagegen gesagt hat, eine lebhafte Einwirkung dessen ist schwer abzuläugnen. Mitglieder des Bundes waren in seinem Zuge, wenn auch leicht zu glauben, daß der hitzige Partisan selbst nicht dazu gehörte, daß er den Eintritt mit den bekannten Worten abgelehnt: »ich bin ein Hitzkopf, und könnte leicht einen dummen Streich machen, was ich thun will, werd' ich allein thun, aber auch allein verantworten.«

Das Wagniß ward aber schnell durch den Schlag bei Regensburg ein verlornes, Napoleon drang nach Oesterreich hinein, Preußen trat nicht feindlich heraus, und mußte in die Achtserklärung Schills willigen, der allein den Krieg gegen den siegreichen Kaiser führte. Jérome, der König von Westphalen, in dessen Gebiet der Husar zunächst drang, setzte einen Preis von 10,000 Franken auf seinen Kopf, Napoleon ließ schonungslos jeden Gefangenen von Schills Truppen erschießen. Ein norddeutscher Aufstand in Masse war nicht reif; er focht an der Elbe umher, schlug das Treffen bei Dodendorf, mußte sich aber, obwohl sein Corps auf 6000 Mann angewachsen war, über Mecklenburg nach Pommern zurückziehen. Hier warf er sich nach Stralsund, und befestigte und schützte seine Reiter, so gut es für Reiter gehen konnte.

Napoleon mochte keine so herumfliegende Lunte um keinen Preis dulden, zehntausend Dänen und Holländer unter Gratien und Ewald legten sich vor Stralsund; Schill wollte sich und seine Leute der günstigeren Zeit oder einem günstigeren Terrain aufsparen, er trat unter sie, und schlug ihnen vor, in See zu gehn. Aber die Reiter hielten nichts vom Meere, das war ihnen ein fremdes unheimliches Element, auch mochten sie, die aus rein deutschem Patriotismus zu Pferd gestiegen waren, nur in Deutschland sich am Ort glauben, kurz entweder in Bornirtheit oder tollkühnem Muthe riefen sie ihm zu: so weit die Erde fest und der deutsche Himmel über uns ist, wollen wir ziehn, aber nie zu Schiffe!

So mußte denn Stralsund ein großes Reitergrab werden, die übermächtigen Feinde drangen nach wüthendem Kanonen- und Gewehrfeuer in die Stadt, und es entstand ein verzweiflungsvolles

Säbelgemetzel in den alten pommerschen Straßen. Schill war hoch zu Roß mitten im Getümmel, und sein Säbel arbeitete wie der Spaten des Gärtners, den holländischen General Carteret hieb er zusammen, und gab ihm unter dem Schießen, Säbelklirren und Pferdetrampeln die Worte mit auf die letzte Reise: »Hundsfott, bestell' mir Quartier!«

Er brauchte es schnell, mein Zöllner erzählte Schills Tod specieller dahin: ein Landsmann habe unvorsichtig, erfreut über den Anblick des Tapfern, als dieser mit wenigen Reitern auf eine Lichtung der Straßen herausgesprengt sei, ausgerufen: »Sieh da, Schill, Schill!« es sei die Ueberzahl auf ihn eingestürzt, und unter den zahlreichen Säbeln sei er gefallen.

Ein stampfender Reitertod, der in den Demagogenliedern von Anno 17 mit dem alten, unheilsvollen »Stralesund!« noch heut von den Studenten gesungen wird.

Der Rudner Zöllner sagte: »Er war gar nicht besonders groß und stark, der Herr Major, sondern ein blasser, schmächtiger Herr, aber rasch und ungeduldig, und Säbelhiebe hatt' er überall. Als er damals hier auf Ihrem Bette lag, o, da war er manchmal böse, daß er den Arm nicht brauchen, und den Säbel nicht halten und nicht reiten könne. Jetzt ist's stille auf der Ostsee gegen damals.«

In jener Zeit erwarteten Viele in Schill einen patriotischen Helden in großem Stile, und Manche sagen es wohl heute noch – das heißt aber Schill's Wesenheit völlig verkennen.

Mittelmäßige Leute pflegen sich bei historischen Erscheinungen immer an diejenigen Personen zu halten, welche in einem kleinen Verhältnisse sich auszeichnen und früh sterben. Sie ergehen sich dann in Möglichkeiten, was Alles daraus hätte werden können, diese Möglichkeiten rechnen sie sich selbst mit an, weil sie ihre Erfindung sind, und so haben sie nicht nöthig, etwas Anderes anzuerkennen, als was halb ihr eigenes Machwerk ist. Diese Classe pries Moreau über Alles, der für seinen Ruhm zu lange lebte, sie sagt, Joubert und Désaix, die in Italien fielen, wären größer als Napoleon geworden, Theodor Körner hätte der größte deutsche Dichter werden können, Schill ein moderner Arminius.

Für sie existirt keine charakteristische Größe, die in ihrem Kreise beurtheilt und geschätzt werden kann, weil sie darin eine Mahnung finden, im eigenen Kreise mehr zu leisten, weil das Hinausschweifen in unklare, phantastische Möglichkeit keine Forderung an sie macht.

Schill hat sich selbst am Besten charakterisirt, als er bei Arneburg seine Soldaten mit den Worten anredete: Kameraden! Insurgenten sind wir nicht, wir wollen blos für unser Vaterland streiten, und unserm Könige die verlornen Länder wieder gewinnen; und wenn er das letzte Dorf hat, dann gehen wir alle nach Hause, und ich schwöre bei meiner Ehre, ich will nie mehr werden als preußischer Officier!

11. Der Sturm.

Mit dem Zöllner war der Konversationstoff halb zu Ende, die Weiber waren noch aus jener Zeit, wo die Rügensche Frau am Heerde und Spinnrocken saß, die Sprache aber für sie noch nicht erfunden war; den ganzen Zustand einer bleiernen Eilandsstille und Antheilslosigkeit hatte ich übersehen, das einzige Buch im Hause, eine pommersche Broschüre über Vineta und Julin gelesen – was sollt' ich länger hier? Fort! dachte ich am finstern, frühen Morgen, als ich auf Schills Lager erwachte. Die Blitze leuchteten noch im Meere, die Wogen tobten noch, als könnten sie sich nicht erschöpfen, im Hause war's noch grabesstill.

Wenn ein leichtsinniger Bonvivant eine Nacht hierher verschlagen würde, dachte ich im halben Morgenschlummer, und das blonde Mädchen, das neben dir in der Kammer schläft, in einer stürmischen Nachtliebe zu entzünden wüßte, von dannen reis'te und nach mehreren Jahren erst wieder an Ruden gedächte, was müßte das für eine tragische Novellensituation werden! Das blonde Mädchen sitzt bloß mit aufgelös'ten Haaren vor der Hütte und sieht starr in's Meer hinaus, ein halbnackter Bube spielt auf ihren Knieen, Niemand weiß, wie er heißt, auch die Mutter nicht, das benachbarte Lootsenweib, und das Meer, und der gefleckte kniebeinige Haushund sehen scheu nach ihr, sie hat schon viel Aehnlichkeit mit der alten Fretten. –

Ein Sturmschlag an's Fenster weckte mich; es war noch immer ein schwarzgraues Wetter, aber meinen Entschluß, um jeden Preis von dannen zu gehn, hatte ich nicht verschlafen. Der Schooner lag noch hoch geschleudert vor Anker, und mein Wirth gab mir die Versicherung, daß er bei stetem stürmischem Südwinde, der in's Meer hinauswerfe, nicht an einen Versuch nach Swinemünde denken könne. Ich wollte also versuchen, an den nächsten besten Punkt des Festlandes zu kommen; über den Wellenbergen sah man im Süden die Waldspitze von Usedom, und da man darüber hinaus nicht kommen könne, so wollte ich diesseits, wenn möglich, bis Peenemünde gebracht werden. Er schüttelte den Kopf, führte mich aber doch in einige Lootsenwohnungen: die Leute saßen behaglicher als ich erwartet hatte – ihr schlimm Geschäft wird reichlich bezahlt – strickten Netze und zimmerten und hobelten. Auf meine Anfrage kratzte sich der Hauptführer in den Haaren, und ging vor die Thür, um nach Wetter und Wind zu sehen. Als er wieder eintrat, kratzte er noch, sagte aber ja.

Ich nahm also Abschied von meinem Zöllner und den stumpfäugigen Weibern, von den niedrigen, braun- und aschfarbigen Hunden des Eilands, welchen das Klima keine eigentliche Farbe gestattet, ja sogar die Augen mit Grau anstreicht, und watete zum Strande. Puh, das Wetter und Meer war ein Vergnügen! Es mußte aber doch nicht so große Gefahr drohen, da die Lootsen noch ein zweites Boot vom Sande in's Wasser schoben, um nach den Netzen zu sehn: die straffen Kerle in kleinen Glanzhüten, kurzen Jacken und großen Wasserstiefeln wateten bei dieser Gelegenheit bis über die Knie in's Wasser, der Sturm warf kalten Regen in's Gesicht, es war die unbehaglichste Existenz, die rothbackigen Lootsen trieben das aber, und ruderten in das tobende Element hinein, als wäre das ganz in der Ordnung und ganz scharmant.

Ich ward dann auch in ein nasses Fahrzeug gewiesen, und konnte mich wie ein Huhn auf die Latte flüchten, um nicht ganz in Sauce eingetaucht zu sein. So erfreulich situirt winkte ich dem Zöllner und seinem aschgrauen Hunde Abschied, und das donnernde Bergauf, Bergauf des sturmbewegten Meeres nahm mich auf. Zum Regen gesellten sich jetzt die Sprüh- und Sturzwellen, welche sich meinem Antlitz und Mantel zugethan bewiesen, der Wind brüllte, das Segel ward alle fünf Minuten anders geworfen, weil wir fast direkten Gegenwind hatten, und dies nöthigte zu immerwährendem Sitzwechsel – der Zustand war äußerst heiter, und wenn man ein Liebespaar in Seenoth schildern und ihnen dabei allerlei sentimentale Zärtlichkeit beilegen hört von unsern Romantikern, so mögen diese es hinter ihrem warmen Ofen verantworten.

Maria Stuart hätte in ihrer Blüthezeit neben mir sitzen können, es wäre mir etwas ganz Anderes wünschenswerth gewesen, als zärtliche Beschäftigung mit ihr.

Ulrichs Schooner lag etwa einen halben Büchsenschuß von dem Punkte entfernt, wo ich mit den Lootsen in See ging, und nachdem unser Fahrzeug eine volle Stunde gegen Sturm und Wogen gearbeitet hatte, waren wir noch nicht in der Linie des Schooners. Dabei waren wir ununterbrochen tüchtig gesegelt, halb scharf rechts, halb scharf links, so klein ist der objektive Gewinn beim Laviren.

Plötzlich schrien meine Lootsen »Westsüdwest!« – sie bemerkten das so schnell als wir den Regen entdecken, wenn er uns auf die Nase fällt. Das war ein brauchbarer Wind nach Swinemünde, ich drang also darauf, bei meinem Schooner angelegt zu werden. Die Arbeit begann, und nach Verlauf einer zweiten Stunde drückte Ulrich unsern Bord an den seinen, und ich mußte in dem Unwetter so und so viel Thaler und Groschen zusammen suchen – der Geldverkehr ist mir nie so gemein vorgekommen: in einer Situation, wo jeder Fehlgriff oder Fehltritt das Bischen Leben kosten kann, muß nach Geld gesucht werden; der natürliche Bezug zwischen Menschen ist dem feindlichen Elemente gegenüber so dringend heraus gestellt; sie bezahlen sich aber selbst die Lebensgefahr, in welche sie für einander gehen. Und Papiergeld ist noch viel ärger, und ich hatte blos solches zur Hand, das erinnert an ein noch künstlicheres Verhältnis – aber der Staatskredit schwankte im Sturme nicht, wir einigten uns schnell, ich kletterte in den Schooner, die Lootsen flogen davon.

Erich sah blaß aus, und war mit dem heiligen Jakob sehr unzufrieden, und der Uhrmacher, ach, wie äußerst alterirt sah dies kleine Gesicht aus, welches er wehmuthsvoll-neugierig aus der Kajüte steckte. »Mir blüht kein Frühling, mir lacht keine Sonne,« dieser beliebte Vers eines Guitarrenliedes, was von anfänglichen Dilettanten besonders geschätzt wird, lag mit schwarzen Buchstaben auf der Augenpartie des Putbussers. Er litt sehr, besonders am Magen und an der Trostlosigkeit, noch mehr aber, wie er sich ausdrückte, an der unzarten Behandlung.

Der Schooner selbst hatte sein gut Theil Schuld daran, er hatte sich sehr unruhig verhalten, der Sturm hatte während der Nacht eigenmächtig den Anker gelichtet, und Ulrich war sehr eilig nach dem zweiten geeilt – »Sie glauben gar nicht, was das für'ne Behandlung bei dem Nachtlager war! Zwei kleine Bänkchen, wie Sie sehn, und ein Stückchen Fußboden sind nur disponibel, und ich wünschte mich als Passagier natürlicherweise die Bank, dat ewige Hin- und Hergeschmeiße brachte mir aber immer wieder auf den Fußboden, und der unangenehme Ulrich äußerte endlich, ich sollte doch liegen bleiben, wo mir – ach!

Wenn's nur das eine Mal vorüber wäre, keinen Fuß wollte er wieder aufs Wasser setzen, für einen gebildeten Menschen sei doch das gar keine schickliche Reisemanier. –

Aber wie wollen Sie denn ohne Wasser auf die Insel Rügen zurückkommen?

Ach Herr, das weiß ich jetzt noch nicht, aber ich geh' nicht mehr aufs Wasser, und dieser Kaffee, den der abergläubische Erich kocht! Dieser Kaffee! Sehn Sie, ich halte viel aus, aber Kaffee mit Syrup in solcher Witterung, und bei der Sorte Geschmack, wie ich seit gestern habe, oh, ich leichtsinniger Mensch! Und mein schöner Schlafrock, wie sieht der aus! und das Schöpsenfleisch kocht er noch immer nicht – ach, und das Gefühl, was in mir ist, mein Lebtag ist mir's nicht vorgekommen, regulären Hunger kann man's nicht nennen, aber wenn der Kerl nur Schöpsenfleisch kochte, Kartoffeln sind noch da. –

Zu meinem Schrecken erfuhr ich von Ulrich, daß er sich jetzt trotz des günstigeren Windes nicht hinauswagen könne, und zwar aus folgenden Gründen: das sei kein Wind, sondern Sturm, in der See draußen wären so viel Wellen, daß an ein Strichhalten nicht zu denken sei, und weil wir wegen des Peenemünder Hakens tief in See hinaus müßten, so könnten wir leicht nach Schweden verschlagen werden. Außer andern Gründen sei dies aber schon darum nicht zu wagen, weil wir nur zwei Pfund Schöpsenfleisch an Proviant besaßen.

Das war nun zum Verzweifeln; das wissend wäre ich mit meinen Lootsen weiter gegangen. Ich äußerte mich denn auch sehr ungeduldig, denn hungernd und auf den verstörten Uhrmacher beschränkt, wurde mir Stunde auf Stunde immer langweiliger; Herr von Raumers Beiträge zur Geschichte Friedrich's des Großen, die ich in der Manteltasche entdeckte, erhöhten mein Mißbehagen, weil ich eitel bekannte Dinge fand, und mich ärgerte, daß ein Historiker dergleichen dreist und selbstgenügsam für Neues ausgeben könne; ich stachelte und turbirte Ulrich, und warf ihm vor, er habe wie der Siebenbürgner keine Kourage.

Ulrich aber erwiderte, ich sollte ihn nicht tücksch machen, das müsse er besser verstehn, wie er denn das vor mir verantworten solle, und was ich denn dazu sagen würde, wenn wir in Sünden versöffen?

So war es über Mittag geworden, der Wind war noch sehr heftig, aber nicht mehr eigentlicher Sturm, und zu meinem Erstaunen lichtete Ulrich den Anker. Nach mir sich wendend stieß er einige Vorwürfe aus, und ich sollte es nun vertreten, wenn uns ein Unheil passirte, jetzt gingen wir direkt über den Haken. Er brauchte wohl, wie die meisten Menschen, auch nur den Schein einer fremden Verantwortlichkeit im Hintergrunde; mir war indessen damit gar nicht gedient, da ich fürchten konnte, er ließe sich zu einer Gefahr durch mein Stacheln verleiten, der wir am Ende nicht gewachsen seien. Ich fühlte auch nicht den mindesten Beruf, in diesem kalten, unbehaglichen Wasser unterzugehen. Wenn sich Einer das Leben nehmen will, so kann er nicht vorsichtig genug zu Werke gehn, wenn man aber am Leben bleiben will, noch mehr; ich ermahnte Ulrich dringend, den »Siebenbürgner« nicht so genau zu nehmen, umsonst, er hatte etwas Stierartiges: wenn der Kopf einmal zum Anlauf gesenkt ist, dann sieht er nichts mehr, der Refrain war: 's geht über den Haken. Der Anker wich, wie eine Nußschale flogen wir in die stürzenden Wogen hinein, Erich arbeitete mit höchst sorgenschwerem Antlitze, der Uhrmacher öffnete den Mund.

Mit dem Peenemünder Haken hat es aber folgende Bewandniß: Von der Spitze Usedoms geht eine Sandbank unter der Wasserfläche weit in See hinaus, die schon ziemlich weit im Meere außen von nicht mehr als zwei Fuß Wasser bedeckt ist. Dieser Strich ist natürlich sehr gefürchtet; eine Landphantasie denkt sich das weniger bedenklich, und ein Lohnkutscher würde sagen: Wenn wir auffahren, machen wir uns wieder flott, oder wir waten nach dem Lande, was man ja in weiter Ferne sieht, und was nicht viel über eine Meile entfernt sein kann.

Das ist aber ein wenig anders: sitzt das Schiff fest, so sind einige Keulenschläge der Wogen, wie sie eben in schönster Ausgabe vorhanden waren, vollkommen genügend, um den nicht mehr nachgiebigen und weichenden Holzkasten in Trümmer zu schlagen; kommt nun obenein der Wind, oder gar ein halber Sturm vom Lande her, so gelingt kein Schritt nach dem Lande zu, sondern man wird unrettbar nach dem offnen Meere hinausgeschleudert, wo jeder nach seiner Weise ertrinken kann – selbst wenn man glauben wolle, daß der Sandstrich ganz regelmäßig wie ein Exempel immer auf zwei Fuß eingerichtet wäre. Zwei Fuß im Meere sind auch mit gutem, bäumendem Wellenschlage vier Fuß; ist man aber erst einmal ohne Schiff im Meere draußen, so rettet wohl ein Romanschreiher gewöhnlich, aber die Wirklichkeit nicht; ohne Planke oder Balken geht's mit dem besten Schwimmen eine ganz kleine Strecke und mit solchem Anhalt auch nur ein Weilchen länger, da das Wasser für keine menschliche Gliedmaaße, am wenigsten im September auf die Länge brauchbar ist.

Dies Alles erwägend sah ich wehmüthig nach dem immer ferner versinkenden Ruden zurück; da gab's wohl Langeweile, aber doch keine Lebensgefahr. Ich habe meine Manschetten wie jeder Andere, besonders wenn ich mit der Leber brouillirt bin, aber ich fand es doch wirklich wünschenswerther, den Weg selbst durch eine Gefahr aus diesen unzulänglichen Zuständen aufzusuchen. Ueber den Ruden öffnete sich mir jetzt ein kleiner Gedächtnißkasten, dessen Existenz mir bisher völlig entgangen war, wie es ja überhaupt mit einzelnen Dingen geht, die als Notiz einmal in unsern Sinn geprägt worden sind, und gestorben scheinen, bis sie just von diesem oder jenem Worte oder Gedankengange aufgeweckt werden. Ich erinnerte mich plötzlich klar, daß Gustav Adolph, als er mit dem schwedischen Heere nach Deutschland segelte, auf dem Ruden gelandet und niedergekniet ist. Das hätte mir um so weniger entgehen sollen, da Gustav Adolph einer meiner intimsten Blutsverwandten ist, den ich zu Breslau im ersten Dichtungsdrange für eine fünfaktige Tragödie binnen zehn Tagen verarbeitet hatte. So vergißt man seine nächsten Angehörigen, weil das Leben stürzend weiter geht und Neues heischt, und die Leute hören doch nicht auf zu klagen über das Vergessenwerden. 's ist unser Loos unter einer Sonne, die täglich untergeht.

Das war sehr passend, der brausende Wind trieb uns heftig in die Gefahr hinein, die Ostsee konnte halb meinen Leib und Namen bedecken.

Ulrich drückte das Steuer halb rechts, halb links, er kam nicht zur Entscheidung, ob die Meeresströmungen, die uns hinaus gen Schweden werfen konnten, wünschenswerther seien, als die seichten Stellen des Hakens, die nach dem Lande zu bedenklicher waren. Erich maß die zwei ein halb Fuß, die unerläßliche Tiefe, welche der Schooner brauchte, an einer Stange ab, und bezeichnete sie durch ein umgebundnes Strickchen; der Haken war nahe; er schickte sich mit bebenden Lippen an, die Tiefe zu messen, und dem steuernden Ulrich zuzurufen.

Sechs Foot! (Fuß) sechs Foot, fünf ein halb Foot! Das hatte gute Wege, und wir kamen in den guten Glauben, uns weit genug hinaus nach dem Meere gehalten zu haben. Vier Foot! vier Foot! knappe vier Foot! drei ein halb Foot! drei Foot! Ulrich drückte stark am Steuer, um das Schiff weiter hinaus zu halten, es wurde keine Sylbe gesprochen – knappe drei Foot! zwei ein halb Foot! Der Uhrmacher hielt sich den Kopf und stürzte in die Kajüte, er hielt es wie der Strauß für hinreichend, den Feind nicht zu sehen. Der Schooner schrammte bereits den Meeresgrund, und hinter ihm her zog ein breiter brauner Strich im Meere von dem aufgewühlten Boden; mit einer wirklichen, kalten Grabesstimmung sah ich dem bleichen Erich zu, ob das Wasser einen Finger breit unter die zwei ein halb Foot treten werde, dann half uns selbst der brausende Wind nicht mehr, welcher uns jetzt durchschleuderte, Ulrich drückte aus Leibeskräften mit dem Steuer hinaus.

Die drohende Spannung dauerte eine ganze Weile – es schien mir etwas Verhöhnendes darin zu liegen, auf dem Meere den Mangel an Wasser fürchten zu müssen, so weit man sah Wassers in Hülle und Fülle, um ganze Nationen zu verschlingen, Wasser just wegen seiner Ausdehnung und Tiefe dem Menschenleben gefährlich, und hier gerade nicht genug, um ein kleines Fahrzeug zu tragen. –

Knappe zwei ein halb Foot! Aufs Hintertheil Alles! Her an's Steuer! schrien die Schiffer. Ich mußte den halb ohnmächtigen Uhrmacher aus der Kajüte reißen, er begriff nichts mehr, und es handelte sich jetzt darum, die Spitze des Schooners so flott und hochgehend zu machen, wie nur möglich.

Der Wind war á propos, er warf uns wie ein konsequenter Freund in der Noth hindurch, der Haken ging zu Ende, wir fanden tieferes

Wasser, und nach überstandener Gefahr kam wie immer die beste Lustigkeit. Erich kochte nun endlich sein Schöpsenfleisch und der Uhrmacher mußte Kartoffeln dazu schaben; entschlossener Seehunger würzte das kleine Mahl, was türkisch mit den Fingern genossen wurde.

Gegen Abend hatte sich der stürmische Wind zu einem artigen Fahrwinde besänftigt; das Dampfboot Dronning Maria strich mit seiner fliegenden Rauchsäule nach Copenhagen an uns vorüber; bei tieferem Dunkel leuchtete uns der Swinemünder Leuchtthurm; das Meer nahm Abschied von uns, als wären wir ununterbrochen die besten Freunde gewesen.

Das erste Wort des Uhrmachers auf festem Boden war ein herzhafter Fluch, er hatte seine ganze Person wieder, und schnaubte rachedurstig nach einem Stück gebrat'nen Fleisches – o Torgau, Torgau! hätte ich deinen schwarzen Bären in der Nähe!

Ich setze voraus, daß in Torgau ein schwarzer Bär ist, obgleich man sich in keiner Weise auf den Uhrmacher verlassen konnte. Er schied mit einer Rede von mir.

Im Gesellschaftshause war glänzende Erleuchtung; bei näherem Zusehn fand sich ein Ball; ich eilte nach Hause, Luisa schlug die Hände über'm Kopfe zusammen, und wußte nicht genug von den vergessenen Buttersemmeln zu sagen, und sich zu verwundern, daß ich Frack und Schuhe heischen könnte, Abends um halb Neun.

Ein schönes Mädchen im Tanzsaale trug rothe Schleifen und tanzte vortrefflich Galopp; sie fragte, warum ich so spät käme? Mein Fräulein, der Peenemünder Haken hat meine Toilette verzögert, und der gemeinste Hunger nach einem Beefsteak hat mich im Nebenzimmer aufgehalten.

's ist erschrecklich heiß im Saale. – Draußen auf der Ostsee war's sehr kalt.

So stürzen die Menschenleben in einander, und wenn man's nicht aufschreibt, vergißt man's und Viele wissen's gar nicht, was sie Alles erlebt haben. Namentlich denken die Leute, in Pommern sei nichts zu erleben; die Thörichten! –

Über tredition

Eigenes Buch veröffentlichen

tredition wurde 2006 in Hamburg gegründet und hat seither mehrere tausend Buchtitel veröffentlicht. Autoren veröffentlichen in wenigen leichten Schritten gedruckte Bücher, e-Books und audioBooks. tredition hat das Ziel, die beste und fairste Veröffentlichungsmöglichkeit für Autoren zu bieten.

tredition wurde mit der Erkenntnis gegründet, dass nur etwa jedes 200. bei Verlagen eingereichte Manuskript veröffentlicht wird. Dabei hat jedes Buch seinen Markt, also seine Leser. tredition sorgt dafür, dass für jedes Buch die Leserschaft auch erreicht wird.

Im einzigartigen Literatur-Netzwerk von tredition bieten zahlreiche Literatur-Partner (das sind Lektoren, Übersetzer, Hörbuchsprecher und Illustratoren) ihre Dienstleistung an, um Manuskripte zu verbessern oder die Vielfalt zu erhöhen. Autoren vereinbaren direkt mit den Literatur-Partnern die Konditionen ihrer Zusammenarbeit und partizipieren gemeinsam am Erfolg des Buches.

Das gesamte Verlagsprogramm von tredition ist bei allen stationären Buchhandlungen und Online-Buchhändlern wie z. B. Amazon erhältlich. e-Books stehen bei den führenden Online-Portalen (z. B. iBookstore von Apple oder Kindle von Amazon) zum Verkauf.

Einfach leicht ein Buch veröffentlichen: **www.tredition.de**

Eigene Buchreihe oder eigenen Verlag gründen

Seit 2009 bietet tredition sein Verlagskonzept auch als sogenanntes "White-Label" an. Das bedeutet, dass andere Unternehmen, Institutionen und Personen risikofrei und unkompliziert selbst zum Herausgeber von Büchern und Buchreihen unter eigener Marke werden können. tredition übernimmt dabei das komplette Herstellungs- und Distributionsrisiko.

Zahlreiche Zeitschriften-, Zeitungs- und Buchverlage, Universitäten, Forschungseinrichtungen u.v.m. nutzen diese Dienstleistung von tredition, um unter eigener Marke ohne Risiko Bücher zu verlegen.

Alle Informationen im Internet: **www.tredition.de/fuer-verlage**

tredition wurde mit mehreren Innovationspreisen ausgezeichnet, u. a. mit dem Webfuture Award und dem Innovationspreis der Buch Digitale.

tredition ist Mitglied im Börsenverein des Deutschen Buchhandels.

Dieses Werk elektronisch lesen

Dieses Werk ist Teil der Gutenberg-DE Edition DVD. Diese enthält das komplette Archiv des Projekt Gutenberg-DE. Die DVD ist im Internet erhältlich auf **http://gutenbergshop.abc.de**